〈弱さ〉から読み解く韓国現代文学

小山内園子

NHK出版

はじめに

最初の訳書に取り組んでいた二〇一四年頃は、「カンニチホンヤクをしています」と自己紹介をしても、すぐには伝わらないことがしばしばありました。運よく「韓日翻訳」と脳内変換してもらえた場合でも、次にくるのはたいてい、次のような質問です。

「なんで、韓国語なんですか？」

英語やスペイン語、フランス語などに関わっている人であれば、あまり接することのない質問かもしれません。一方、タイ語やベトナム語を学んでいる友人はたいてい経験しているそうなので、「なんで、〇〇語？」は、学習者が少ない非メジャーな言語につきまといがちな問いなのでしょう。

ところが、その「カンニチホンヤク」が、二〇一九年頃を境に、即「韓日翻訳」と変換されるようになりました。最近では、「近頃読んだ韓国の本」にまで話題が広がることも少なくありません。出てくる書名は小説からエッセイ、学術書、絵本、実用書まで、実にさまざま。そうした場面に出くわすたびに、隔世の感を抱きます。書店で「韓国文学」という案内板を見ればますますそう。いまや韓国文学は、韓国映画、韓国ドラマ、Ｋ－ＰＯ

P同様、日本で一ジャンルを築いています。

朝鮮半島の文学は、古くは江戸時代にも伝来した作品があったと言われています。しかし、これほど人気が大衆化した時代はなかったのではないでしょうか。特に、同時代を生きる作家たちの文学が、次々に日本に紹介されて共感を呼んでいる。なぜなのだろう。まずは自分自身を振り返りました。

私はなぜ、何に魅せられて韓国文学を翻訳しているのだろう。「なんで韓国語を?」と訊《き》かれたときの理由は用意していましたが、「なんで、韓国現代文学を?」という問いに、翻訳者として正面から向き合ったことはありませんでした。日本語で読んでもらいたい作品をリストアップしながら、それらに共通する点をじっくり考えてみたことが、本書の始まりです。たどりついた答えは、「韓国現代文学は、〈弱さ〉を正面から描いているから」というものでした。

誰にとっても、人生は初体験の連続です。似たような経験はあっても、まったく同じ経験はない。経験値だけでは乗り越えられないことに、しじゅう襲われる。韓国の現代文学を読んでいると、試練の歴史のなかで選択を迫られ、あるいは暴力的な社会のなかで声を奪われて、人生の断崖に追い詰められる登場人物と多く出会います。そうした〈弱さ〉に追い込まれた人々の思考と格闘が、実にリアルに描かれているのです。もしかしたら、韓国文学に描かれている〈弱さ〉のありようが、読み手をエンパワーメントするのではないか。そう考えました。

本書では、韓国現代文学が描く〈弱さ〉を因数分解しながら、作品のメッセージを探り、魅力をさらに掘り下げていきます。そっと隣国の物語をたどれば、この暴力的な時代を生きるヒントが、手に入れられるかもしれません。

本書は、二〇二二年の十二月から二〇二三年の三月まで、NHK文化センター青山教室で行われた「〈弱さ〉から読みとく韓国文学」全十三回の講座をベースにしています。講座はNHKラジオ第一「カルチャーラジオ　文学の時間」で、同名タイトルで放送されました。講座終了後も多くの韓国文学作品が翻訳・出版されたことから、書籍化に当たっては大幅に改訂、加筆しています。

目次

〈弱さ〉から読み解く韓国現代文学

※テーマとして扱う作品の底本は各章扉ページに記しました。引用はその底本に拠ります。

第一章

試練の歴史と作家のまなざし

——パク・ミンギュ『亡き王女のためのパヴァーヌ』

パク・ミンギュ著　吉原育子訳
『亡き王女のためのパヴァーヌ』
クオン　二〇一五年

〈弱さ〉をキーワードにしたとき、物語はどんなふうに見えるのか。本書では、この十年あまりの韓国現代文学の作品を具体的に取り上げながら、一緒に味わってみたいと思います。

いま、「味わう」と書きましたが、一口に「味」と言っても、作品の味は実にさまざまです。読み進めるうちに、当初感じていた味が変わることもあるでしょう。甘い恋物語だと思っていたら、血の味が広がる胸の痛む展開になった。逆に、きっと苦い作品だろうと読み始めたら、意外にも爽やかな読後感だった――。そうした経験を持つ人は少なくないと思います。

韓国現代文学が描く〈弱さ〉の味わいも、決して単純ではありません。作品によって味わいが違うのは当然ですが、特に〈弱さ〉という面から韓国現代文学を眺めたとき、登場人物の造型や物語の設定の幅の広さに、しばしば驚かされます。その背景にあるのが、激動の韓国現代史と、それを見つめる作家たちのまなざしの深さです。

そこで、この章ではまず韓国の近現代史を簡単におさらいした上で、作家たちが社会に果たしている役割について、考えてみたいと思います。

試練の歴史と作家のまなざし
――パク・ミンギュ『亡き王女のためのパヴァーヌ』

試練と変化にさらされ続けた韓国社会

一九四五年八月十五日。日本で「終戦記念日」とされるこの日は、韓国で「光復節《クアンボクチョル》」と呼ばれています。「光復」とは文字どおり「光がよみがえった」という意味で、奪われていた国の主権を取り戻したことを記念して、国民の休日とされています。

しかし現実には、この日を境にしてただちに「光」が示すもの、すなわち、自由や公正さや平和が、朝鮮半島の人々の手に戻ったわけではありませんでした。

植民地支配が終わっても、朝鮮の人々が希求していた自主独立は叶えられず、代わりに半島を分断してのアメリカとソ連による信託統治が始まります。一九四八年に南側だけの単独選挙が行われ、大韓民国が建国される。南北の対立はさらに深まって、第二次世界大戦終戦からわずか五年後の一九五〇年、同じ民族同士が戦う「朝鮮戦争」が勃発します。

朝鮮戦争は、北朝鮮が優勢になったかと思うとアメリカ軍を主力にした国連軍の支援が入って韓国が巻き返す、すると今度は中国が参戦して北朝鮮側につき、再び北朝鮮が南下する、というように、戦線がめまぐるしく動く戦争でした。統治者が変わるたびに政治システムも変わって、市民の生活は大きく揺さぶられます。あるときは共産主義に関わった者が糾弾され、またあるときには民主主義を標榜した人間が攻撃される。いつ、何を理由に罪を問われるかわからない。実際に、理不尽としか言いようのない死も多く生まれました。朝鮮戦争が休戦したのは、一九五三年のことです。

休戦から十年後の一九六三年には、朴正熙《パク・チョンヒ》が大統領に就任します。軍事独裁政治のなかで民主化を求める市民の声は弾圧され、一九八〇年の光州民主化運動、いわゆる光州事件では、軍が市民に向かって発砲し、暴行する事件が起きました。多くの市民が命を落としたこの事件について、軍事政権は厳しい情報統制を敷き、韓国国内に住む人々でさえ、長いあいだ真相を知ることはできませんでした。韓国が民主化を勝ち取ったとされるのは、一九八八年のソウルオリンピック前後のことです。

ようやく民主化が叶ったと思いきや、経済危機が社会を襲います。東アジア通貨危機によって、韓国は一九九七年にＩＭＦ（国際通貨基金）の管理体制下に入ります。いわゆる「ＩＭＦ危機」です。国家が破産したに等しい状況となって、多くの人が職を失い、産業構造も変化を余儀なくされました。

二〇〇一年、その借金の全額返済が終了し、韓国は晴れてＩＭＦの管理体制下から脱却します。二十一世紀に入ると、戦争や経済危機に代わって、社会を揺るがすような大事件が起きました。韓国の海難史上最悪の死傷者数を出した二〇一四年のセウォル号沈没事件、大統領退陣を求める市民のデモが世論を動かし、政権交代を実現したキャンドル革命などです。

隣国の日本から朝鮮半島の現代史を眺めたとき、第二次世界大戦が終わって以降も、想像を絶する血の犠牲が払われたことに胸を衝かれます。民族が分断される。国土が戦場になる。民主化を叫んで命を奪われる。経済危機により暮らしが崩壊する。その激動の歴史は、韓国の人々が、いつ自分が「弱者」になってもおかしくないと覚悟せざるを得ない歳月であったとも言えるでしょう。

作家の使命は、社会に声を上げること

そうした歴史にあって、社会に声を上げることを期待されてきた存在が作家たちです。韓国社会には、「作家は社会に声を上げるべき」という考え方が非常に強くあります。その責任を果たすべく、作家たちは実際にそれぞれの時代で声を上げてきました。

たとえば、「朝鮮のドストエフスキー」と称される作家、廉想渉《ヨム・サンソプ》*1は、日本留学中の一九一九年に独立運動の檄文を撒こうとして日本の警察に逮捕されています。また、一九九四年にデビューしたチョン・ソンテは「小説は現実への発言である」として、経済成長の陰で取り残される農村や寂れた地方都市の人々を意欲的に描き続けました。二十一世紀に入ってからも、デモに参加したり、ラジオ番組やポッドキャストを担当したりしながら、リアルタイムで社会に発信している作家の姿をよく見かけます。

作品を通じて社会にコミットする文学を、韓国では「参与文学」と呼びます。韓国文学のすべてが参与文学ではありませんし、参与文学だからといって声高にメッセージを叫ぶ作品ばかりではなく、形態はさまざまです。しかし、特に現代文学の場合、苦い現実に対するメッセージが読み取れるという点で、かなりの作品が広い意味での参与文学と言えるでしょう。本を読み終わってふと目を上げ、現実の生活空間を見渡したとき、ああ、自分の住まうこの社会にも、登場人物たちに似た誰かがいるかもしれないと思わせられる。自分と現実の社会がパイプで結ばれる感覚が生まれることが、韓国の参与文学の特徴であると思います。

弱者の側から見える世界を描く
――パク・ミンギュ『亡き王女のためのパヴァーヌ』

そうした、声高ではないながらもしっかりとメッセージを発信している作品を紹介しましょう。パク・ミンギュ著、『亡き王女のためのパヴァーヌ』という長編小説です。

タイトルの由来はモーリス・ラヴェルのピアノ曲から。ラヴェルは、スペインの画家ベラスケスが描いた絵画『ラス・メニーナス（宮廷の侍女たち）』にインスピレーションを得て曲を作ったと言われていますが、小説も、その肖像画から着想を得ています。

ベラスケスの代表作であり、非常に有名な絵ですから、見たことのある人も少なくないかもしれません。中央に立っているのは小さな王女。王女のご機嫌をうかがうようにして、数人の侍女たちが取り囲むという構図です。その右手に、こちらを凝視する小柄な黒い服の女性が配置されています。パク・ミンギュはこの女性の姿になぞらえて、作中の登場人物「彼女」を描きました。

容姿に恵まれず、家庭環境のせいで大学への進学も叶わなかった「彼女」は、「世紀の美女を見たときと寸分違わず（同書、94頁）」男性を凍りつかせる外見と描写されています。その「彼女」に恋するのが、ハンサムな映画俳優の父親と平凡な外見の一般人の母親のあいだに生まれた若者、「彼」です。「彼」は母親と二人暮らし。父親は、世間では「独身俳優」として知られる人物です。どうやら彼の母親が、映画俳優の妻らしからぬ平凡なルックスであることが、父親が「独身」を名乗る理由のようです。「彼」と母親は、父親のそうした路線を邪魔しないよう、二人きりでひっそり暮らしています。

物語は、浪人生の「彼」と、「彼」のアルバイト先に勤める「彼女」、そして同じバイト先の先輩ヨハンの三人を中心に進みます。舞台は一九八五年のソウル。作中では、至るところにマドンナのポスターが貼られ、百貨店が次々とオープンし、コーディネートを気にしてファッション雑誌を参考にする人が増えた時期とされています。実際に一九八〇年代後半は、韓国が「漢江《ハンガン》の奇跡」と呼ばれる高度経済成長を成し遂げ、豊かさを謳歌していた時期でもありました。

先ほど「彼女」について「容姿に恵まれない」という表現を使いましたが、作中ではもっと赤裸々で残酷な悪態が、彼女を表現する言葉として使われています。そうした言葉が、場を和ませる冗談や、親愛の情を込めたからかいであるかのように飛び交う場面は、私たちの日常でもよく見かけるものです。

そして、長いあいだそうしたシチュエーションにさらされてきた「彼女」は、自分がムキになって反撃するほど事態が悪化すると学習している気配があります。したがって、ひたすら耐え忍ぶ。自分に賛辞を贈る人に対しては、その真意を探ろうとする。彼女に恋した「彼」から告白されても、まずは、からかわれたのではないかと疑います。そうでないとわかると、次に考えることは、「彼」の不利益です。自分とつき合えば、巻き添えになって彼もバカにされるのではないか。初めて一緒に街中を歩いた日、「彼女」が勇気を振りしぼって「彼」に発した質問は「恥ずかしくなかったですか」でした。

「彼女」もそうですし、俳優の息子ながら存在をひた隠しにされている「彼」も、また、軽妙洒脱で人生を達観した風情ながら、実は心に闇を抱えている先輩ヨハンも、一九八五年の消費社会のなかではルーザー、敗者とされる存在です。

作家のパク・ミンギュはそのルーザーのサイドから見える社会を、まずはヨハンに、こんなふうに語らせています。

　このことは知っておくべきだ。世の中がどれだけどうしようもない人間であふれかえっている場所かってこと。宗教の違いで殺しあうのが人間だ。人種が違う、理念が違うって何千何万の人を殺せるのが人間なんだよ。一万ウォン札一枚奪うのに殺しあうのが人間で、息子を産まなかったと女を殺すのが人間だ。ちっぽけな権力にどこまでもへいこらするのが人間で、とんでもない観念一つで一生生きてくのが人間だ。ヘレン・ケラーやヴァージニア・ウルフを見て、何だこの顔って思う人間もあふれかえっているし、レオナルド・ダ・ヴィンチやアインシュタインを見ても、何これひどい顔って腕組みする人間がどこにでもあふれている。

　世の中はそういうところだ。

（『亡き王女のためのパヴァーヌ』、２５１頁）

　他方、「彼女」は、自分の立場から見える社会を、手紙のかたちでこうしたためます。

　美しさは……それだけの待遇を受けるだけの価値が十分あると私も思います。人間はみんな同じというわけにいかないこともよくわかっています。ただ悔しい点があるとすれば……こういうことです。なぜ等しい条件が与えられたかのように教え、努力を求めるのかということです。しかも誰かに基準を突きつけるのなら……それは必ず努力で克服できるものであるべきです。私は一度も自分の生き方を評価されたことがありません。私はひたすら生まれついた自分だけを評価されてきた人間です。

（同書、321頁）

最初に引用したヨハンの言葉は、いわば諦めに近い達観でしょう。しかし、諦めたからといって、心が静かになるとは限りません。憤ったり悲しんだり疑問を抱いたりする心を、「諦め」という蓋で抑え込んでいるだけかもしれませんから。一見どこか悟りきった態度のヨハンが抑え込んでいるのは、本質的には「彼女」と同じ問い、〈なぜ社会はこんなふうに不公平にできているのか〉というものだと思います。

パク・ミンギュ作品の一つの特徴は、徹底的に弱者の側に立って描かれることです。弱い側、はみ出す側、追いやられる側、言葉を奪われる側から見える世界を描く。さらに実現可能性の低い正論や代案で物語を簡単に着地させようとはしません。この作品でそれがよくわかるのが、「彼女」のつらさを知った「彼」の、こんな言葉です。

ごめん。何か言ってあげたいけれど、今は言葉が見つからない。こんな自分は納得しがたいけど……わかってもらいたいんだ。同じように、うまく言葉で言えない人間も世の中にはいるものだから。そのかわりいつかずっと後になってから、その答えを聞かせるよ。ゆっくりと、ほんの少しずつその答えを育てていきたい。ほかの方法は僕には見つけられない。これは説得の問題じゃなくて納得の問題だから……つまり行動でしか答えられないものだと思ってる。

（同書、242〜243頁）

まなざしをそそぐだけでなく、見守り続けること

作者、パク・ミンギュは一九六八年生まれ。『カステラ』（ヒョン・ジェフン・斎藤真理子訳、クレイン、二〇一四年）、『ピンポン』（斎藤真理子訳、白水社、二〇一七年）、『三美スーパースターズ　最後のファンクラブ』（斎藤真理子訳、晶文社、二〇一七年）など、多くの作品が日本語に翻訳出版されている作家の一人です。

デビュー当時から、その発想の自由さが大きな注目を集めてきました。文体はポップで、風刺のきいたユーモアがちりばめられています。ページのデザインも、突然書体が大きくなったり、改行を多用したりと読み手を飽きさせません。「パク・ミンギュの登場によっ

て、韓国の若い読者が国内小説に目を向けた」と言われるほどです。

しかしながら、若い世代が彼の作品に魅せられたのは、その〈軽み〉だけではないだろうと思います。彼の作品の背景に垣間見えるのは、資本主義社会が生み出す競争と格差です。時に誰かの尊厳を踏みつけ、容赦なく排斥する残酷な現実が、多くの作品に見え隠れします。社会を見据えているという意味では、彼も前の世代の作家たちと同様に、「作家の責任」を果たしていると言えるでしょう。

ただし、アプローチには若干の違いがあります。問題提起や批判といった圧の強さはなく、あるいは虚無意識に彩られるわけでもない。彼のまなざしは、資本主義社会から振り落とされ、疎外された人、そうした人々が諦めきれずにさらにもがく姿を、じっと見つめ続けるものです。

強く励ましたり、応援したり、無理に気の利いたことを言わない。その代わり、そばにいる。まなざしをそそぐだけではなく、そそぐことをやめずに、見守り続ける。

パク・ミンギュ作品のキーワードとしてよく挙げられるのが「春」という言葉です。前に引用した「彼」の発言にも、凍えている存在をそっと温める春の日差しのような、押しつけがましくないやさしさが感じられます。

個人にまなざしを向ける作家たち

文芸誌『群像』が「「弱さ」の哲学」という特集を組んだことがあります(二〇二二年一〇月号)。哲学者の永井玲衣さんと三木那由他さんの対談を読んでいて、韓国現代文学の立ち位置と、よく似た部分を見つけました。永井さんの「「弱い」立場にある人との対話を考えたとき、こちらが一方的に語るのではなく、聞き取るとか一緒にいるとか、そういうところからしか始められないなと、私は思っているんです。(中略)疎外をしないでいかに聞き取れるか、そして聞いて語ることで私自身も彼らと一緒に変容できるのかということを探したいなと思って」*2という発言です。

韓国現代文学の書き手たちはいま、弱い立場を勝手に代弁するのではなく、弱い立場の消えかかりそうな声を聴き取ろうとしているのではないか。前に立ってぐいぐい引っ張るのではなく、横に並んで一緒に時間を過ごすという立ち位置から、物語を紡ごうとしているのではないか。そう思いました。

前述のとおり、韓国社会で「作家」は、世の中に声を上げる責任があるとされてきた存在です。かれらは、戦争、独裁政権、民主化運動、経済危機などの歴史の荒波のなかで、何が正義か、国家や指導者のあるべき姿とはどんなものかを作品を通じて語ってきました。社会をよくするための発言を行うことは、激動の時代に作家として生きる者の使命と見なされていました。

しかし、この二十年ほどの韓国文学、もう少し具体的には、国が破産状態になってIMFの支援を受け、その借入金をようやくすべて返し終わった二〇〇一年以降の韓国文学は、トーンに変化が現れたように思うのです。いい意味での「目線の低さ」を感じる。その背景の一つが、作家たちが吸収した文化ではないかと、私は考えています。

作品を引用したパク・ミンギュをはじめとして、いま韓国文学を牽引している作家たちは、日本の大衆文化を経験しながら成長した世代です。私は一九六九年生まれですが、同い年の韓国人の知人たちと十代の頃の話をしていて、かれらが実はほぼ同時期に、『キャンディ・キャンディ』『ベルサイユのばら』『ガラスの仮面』などの日本の少女マンガを読んでいたことに驚かされました。

マンガやアニメだけでなく、文学もそうです。村上春樹、吉本ばなな、江國香織など、多くの日本の作家の作品が「翻訳文学」として韓国で紹介され、親しまれてきました。ある作家が、青春時代にそうした日本文学を吸収して感じたことについて、こう打ち明けてくれたことがあります。

「自国の作家が大きなテーマと格闘して発言している一方で、日本の小説が個人の世界、自分の身の回りの関係を舞台にしていることに、軽い衝撃を受けた」

あわせて、韓国という国の変化もあります。日本文化をほぼリアルタイムで吸収した世代は、女性の進学率が上がり、かつてに比べればジェンダー教育が進んだ時代に成長しています。そうした教育によって旧世代の矛盾、つまり、一見正しいことを言っている人、大きな主語で語っている人が、実は別な場面では家父長制的な態度で誰かを支配していたり、命や尊厳を脅《おびや》かしたりしているという事実に気づき始めるわけです。

いま、韓国でさかんに読まれ、日本でも作品が翻訳出版されている作家たちは、多くが六〇年代以降の生まれです。自国の作品からは社会と向き合う姿勢、作家であることの使命といった大きな物語を学ぶと同時に、他国から「個」の生活へのまなざし、小さな物語のみずみずしさを吸収した世代とも言えるでしょう。だからこそいまの韓国現代文学は、社会を見据えると同時に個を包摂するという、独特の視界を確保できているのだと思います。そのことによって、主張するより先に「弱い立場」の声を聴き取る物語、あるいはそばにいることから始める物語になり得ている。作品が、現実には聴き取れなかった言葉、一緒にいられなかった時間を再構成するようなイメージでもあるでしょう。

〈弱さ〉を読み解くとは

そう考えると、いまの韓国現代文学は、〈社会〉と〈個〉の両方を見つめる、複眼の視点があるとも言えます。その複眼の視点が最もよく働くのは、〈弱さ〉を描いているときなのではないか、というのが私の仮説です。

弱いという単語は、日常でよく使われます。「バットの振りが弱い」「弱い犬ほどよく吠える」など、何かが欠けているという意味で使われることも少なくありません。では、本書では何を〈弱さ〉と呼ぶか。まずは、その中身を定義しておきましょう。

本書では、「自らの意志とは関係なく、選択肢を奪われている立場」を〈弱さ〉とすることにします。ですから、登場人物そのものが心身に不調を抱えている、もしくは何かが不完全な状態であることではありません。

冒頭で触れたように、韓国の現代文学で描かれている〈弱さ〉は、実に多彩です。激動の歴史と社会の変化、そのなかで生まれたさまざまな弱い立場の声に耳を傾け、心を寄せ、そこから物語を紡ぐ。多彩ではありますが、一貫しているのは真摯な姿勢です。もしかしたらそれは、倫理感と呼べるものかもしれません。この二十年あまりの韓国現代文学を読むことは、そうした姿勢と出会うことでもあると思います。

＊1　廉想渉　一八九七～一九六三。一九一九年、大阪天王寺公園で独立運動の檄文を撒いて投獄される。その後、帰国して記者などをしながら小説を執筆。植民地支配下の暗い現実を描いた『万歳前』（一九二四）を発表。

＊2　永井玲衣×三木那由他「対談「弱さ」のこと……」、『群像』二〇二二年一〇月号、講談社、113頁。

第二章

ある女性が〈ひとり〉になるまでの物語

――チョ・ナムジュ『82年生まれ、キム・ジヨン』

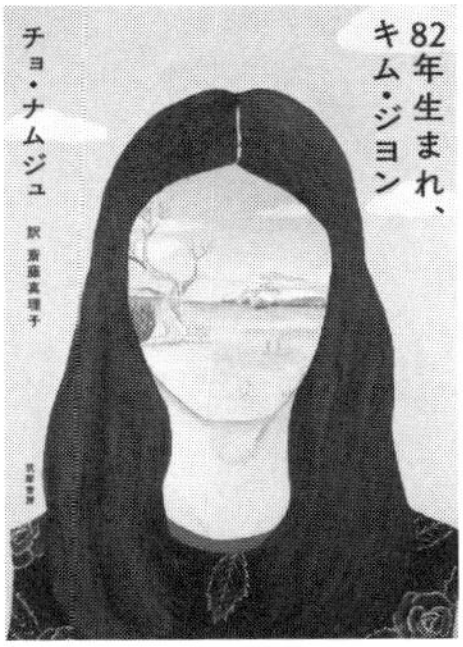

チョ・ナムジュ著　斎藤真理子訳
『82年生まれ、キム・ジヨン』
筑摩書房　二〇一八年

日本では二〇一八年以降、爆発的に韓国の書籍が読まれるようになり、現在も次々と作品が翻訳されています。その最大のきっかけとなったのが、チョ・ナムジュ著『82年生まれ、キム・ジヨン』だと言っても過言ではないでしょう。二〇二四年九月現在で二十九万部という、翻訳小説全体で見ても破格の売れ行きを記録しました。

韓国での刊行は二〇一六年。やはり刊行直後から大きな話題となり、本作をきっかけに、フェミニズムをめぐってさまざまな出来事が起きました。有力政治家が女性政策の必要性を訴えて時の大統領にこの本をプレゼントしたかと思えば、「読んだ」と明かしたガールズグループのメンバーが、さまざまなバッシングを受けました。『82年生まれ、キム・ジヨン』は、ベストセラーにとどまらず、韓国社会に一大センセーションを巻き起こした作品でもあります。

この本は、アメリカ、フランス、イタリアなど三十二の国と地域でも翻訳出版されています。興味深いのは国ごとの表紙デザインです。韓国で刊行されたオリジナル版は、グレーの表紙の中央に、少し首をかしげた女性の後ろ姿が描かれています。日本語版は女性の後ろ姿ではなく正面から、全身ではなく顔面がアップになったイラストで、顔の中央は空洞です。目鼻の位置には、寒々しい荒野の情景が描かれています。

日本語版の表紙のインパクトはかなり大きかったようです。アメリカ、イギリス、ドイツ、イラン、ハンガリーなど十数か国が、日本語版のイラストを使用するか、あるいは日本語版のイラスト同様、〈顔が空洞な女性〉を表紙に採用しています。

証明写真のようなかたちでありながら、個人を認識できる要素がない。日本語版の表紙は、『82年生まれ、キム・ジヨン』が、アイデンティティを喪失していく女性の物語であることを、よく伝えています。

カウンセリング記録のような半生記

簡単にあらすじを紹介しましょう。

まず登場するのは精神科医です。精神科医の「私」のもとに、チョン・デヒョンという男性が妻の相談をしにくる。その妻の名前が「キム・ジヨン」です。

夫が「チョン」で妻が「キム」と、夫婦は名字が異なります。韓国文学に登場する夫婦の姓が違うことに混乱する、という声はよく聞くので先に説明をすると、伝統的に儒教思想が強い韓国では、父親から受け継いだ姓を結婚後も使い続けるのが一般的です*1。「男性の姓が優先なんて、韓国は女性差別がひどい」と反応する人もいますが、逆に韓国の女性たちに「日本では多くの女性が結婚で姓を変える」と話すと、非常に驚かれます。日韓いずれも、結婚というライフイベントで、女性が「イエ」を意識せざるを得なくなるという点は共通しています。

さて、チョン家の長男であるチョン・デヒョンは、長男の妻であるキム・ジヨンが、韓国の家庭での大事な年中行事、祭祀《チェサ》*2の場で、義父母を前に突然別人に憑依されるという状態になったことを精神科医に明かします。精神科医はジヨンを診察してみますが、どうも本人には異変が起きている自覚がない。そこで、定期的なカウンセリングをジヨンに勧めます。

作品は、「精神科での聴き取りで記録されたキム・ジヨンのこれまで」という体裁で進んでいきます。出生の経過、成育歴、家庭の経済状況、「女子」として小・中・高・大学に進学し、社会人になり、結婚し、妊娠し、退職し、専業主婦になり、別人に憑依されるまでという、三十年あまりの歩みが記されていきます。

病院で行われたカウンセリングの記録がベースですから、記述は非常に淡々としています。キム・ジヨン本人が記憶する喜怒哀楽は詳細に記録されますが、本人の一人称で語られるような生々しさや感情の発露はありません。また、折に触れ統計上のデータが挿入されます。まるでキム・ジヨンという患者の症例を、精神科医やカウンセラーがエビデンスを示しながら学会で報告しているかのような体裁です。

つまり、この小説は、苦しみを抱える当事者を、客観的かつ分析的に見つめる第三者の目線がベースになっているのです。

次の引用は、母親がキム・ジヨンの妹に当たる三女を妊娠し、出産に迷う場面です。一家には、すでに長女、次女（＝ジヨン）という二人の娘がいます。周囲は、三人目こそ男の子を、という期待を隠そうとしない。不安に駆られた母親はそっと夫に、「娘だったらどうする？」と探りを入れますが、彼は「縁起でもないこといってないで寝ろ」と取り付く島もありません。三人目の女の子を妊娠・出産することは「縁起でもないこと」、忌むべきことなわけです。

やがて、お腹の子が女の子らしいと知ったキム・ジヨンの母親は、一人で悶々と悩む。その直後にくるのが、次の文章です。

そのころ政府は「家族計画」という名称で産児制限政策を展開していた。医学的な理由での妊娠中絶手術が合法化されてすでに十年が経過しており、女だということが医学的な理由ででもあるかのように、性の鑑別と女児の堕胎が大っぴらに行われていた。一九八〇年代はずっとそんな雰囲気が続き、九〇年代のはじめには性比のアンバランスが頂点に達し、三番め以降の子どもの出生性比は男児が女児の二倍以上だった。母は一人で病院に行き、キム・ジヨン氏の妹を「消し」た。それは母が選んだことではなかった、しかしすべては彼女の責任であり、身も心も傷ついた母をそばで慰めてくれる家族はいなかった。

(『82年生まれ、キム・ジヨン』、24頁)

三人目を出産するか。それとも、「消す」か。キム・ジヨンの母親の葛藤は非常に切実です。三人目が女の子であると教えてくれた産婦人科の「おばあちゃん先生」は、決して性別で子どもに優劣をつけたりせず、あたたかく妊娠の経過を見守ってくれた存在でした。だからこそ、母親は余計に、妊娠の中断を告げ手術を依頼することに罪悪感を抱いたはずです。なんとか決断を伝え、覚悟を決めて下着を取り、手術台に上がる。手術台はもしかしたら、ひんやり冷たく感じられたかもしれません。

そうした、読者の想像が広がって登場人物に感情が寄り添いそうになる一歩手前で、著者は、まるで読者の感情の動きを遮るように、当時の政府の産児制限政策という客観情報を挿入します。母親が決心して行動に移した場面も、「母は一人で病院に行き、キム・ジヨン氏の妹を「消し」た」と、実にさらりと終わってしまいます。

数年後、キム・ジヨンの母親はまた妊娠します。その子は男の子だったために、母親が出産をためらうことはありませんでした。キム・ジヨンは二歳上の姉と五歳下の弟に挟まれて成長していきます。ジヨンの成長の過程にも、随時引用部分のような客観的な情報が織り込まれていきます。

なぜ、主人公、キム・ジヨンの誕生から三十二歳までの半生を描くこの物語に、著者は「カウンセリングの記録」や「報告書」を思わせる無機質な体裁、共感をはばみかねない形式を選んだのでしょうか。

引き込まれ、没入させられる物語
——『キム・ジヨン』以前のフェミニズム文学

韓国の現代文学を読むときは、呼応する作品をサブテキストに据えて比較していくと、より作品のメッセージが理解できることがある。それが、私が体験的に獲得した韓国現代文学の読書法です。『82年生まれ、キム・ジヨン』の、共感し、感極まりそうになる一歩手前で現実に引き戻されるという展開にふと頭をよぎったのが、韓国の女性作家、孔枝泳《コン・ジヨン》の作品でした。

孔枝泳は、『キム・ジヨン』以前のフェミニズム文学を牽引してきた代表的な作家です。チョ・ナムジュの一世代前に当たる一九六三年生まれ。出版社勤務を経て労働運動に飛び込み、投獄された経験もある人物で、その体験を元にした小説でデビューを果たしました。政治的な発言を恐れず、作品と実人生の両面で作家の責任を果たしているような存在です。その彼女が作品のモチーフに選んできたものの一つが、女性の生きづらさでした。

たとえば、九三年に発表した短編「何をなすべきか」は、八〇年代の労働運動に内在していた女性差別を、そこに飛び込んだ女子学生の気づきと挫折のなかに描いたものです。キャンパスで連日のようにデモが行われ、警察による女子学生への性的暴行も噂されるなか、主人公の女子学生は、まずは自らのブルジョア的な感覚を取り払おうと、家を出て労働運動へ飛び込みます。しかし、実際の運動組織で彼女を待っていたのは、〈政治的ではない女性を中性化する〉という男性活動家たちの教育でした。社会正義を主張する組織が、実は男性のための席しか用意していなかったこと、旧態依然とした価値観に縛られていることを身をもって知って、主人公はさらなる挫折を味わいます。ちなみに「何をなすべきか」は、レーニンの著作と同じタイトルです。

また、長編小説『サイの角のようにひとりで行け』で描かれるのは、男女差別のない教育を受けた女性たちが直面する実社会の壁です。学んだ理想と現実が一致せず、結婚でも仕事でも、女性たちは自由な選択が許されない。女性を殴る男性も頻繁に登場します。

そうした孔枝泳作品を私に勧めてくれたのは、韓国のＤＶ（ドメスティック・バイオレンス）被害者支援団体の人々でした。私は、翻訳の仕事とともに、社会福祉士として女性支援の活動をしているのですが、二〇〇七年にソウルのＤＶ被害者支援団体を訪ねた際、「韓国の女性の現実が知りたければ、絶対に読んだほうがいい」と強く勧められたのがそれらの本でした。実際に読んでみると、ごく身近な、しかし深刻な題材を巧みな心理描写で描いていくストーリー展開に、ページを繰る手が止まらなくなりました。

孔枝泳以外にも、『82年生まれ、キム・ジヨン』以前のフェミニズム作家として、朴婉緒《パク・ワンソ》や呉貞姫《オ・ジョンヒ》などが挙げられます。いずれも、読者を引きつけて放さないストーリーテリングの秀逸さが光ります。

共感だけで終わらないための「仕掛け」

主人公に感情移入して物語の流れに身を預けられるというのは、読書の醍醐味の一つでしょう。

しかし、『82年生まれ、キム・ジヨン』の社会への影響の大きさと比べると、孔枝泳作品は、その物語としての魅力が、むしろ作品のメッセージを個人の物語に回収させてしまったのではないかと思います。

主人公に心を寄せて読み進め、結末を確認して読書を終える。読書欲は満たされて、読んでいるあいだに浮かんださまざまな感情、たとえば、主人公を理不尽な目に遭わせた社会への怒りなどにもいったん終止符が打たれる。結果、読書を通じて知った現実に「異議申し立て」するまでには至らなかったのではないか。そう考えるとき、『82年生まれ、キム・ジヨン』という小説が、現実に異議を唱える「ツール」になったことの意義を改めて感じますし、同時に、チョ・ナムジュ自身がかなり明確な意図と緻密な計算をもって執筆していたことに思いが至ります。

彼女がティーンエイジャーだった頃、孔枝泳はベストセラー作家でした。チョ・ナムジュは過去のインタビューで、小説を読むことが大好きな学生だったと明かしていますから、孔枝泳作品は当然読んでいたと思います。つまり、深く共感するような作品が世に生まれて以降も、女性の生きづらさは変わらないことを、体験的に理解していたのではないでしょうか。

また、チョ・ナムジュは放送作家として仕事をしていた時期がありました。担当していたのは『PD手帳』という、日本で言えば『クローズアップ現代』や『報道特集』のようなジャーナリスティックな番組です。事件事故、加害と被害などを取材するなかで、テレビ番組に実名で登場する人の陰に、何人もの同様の人がいることをよく知っていたでしょう。表に出て声を上げられない無数の存在の重さを痛感していただろうと推測します。

『82年生まれ、キム・ジヨン』は、あえて、登場人物への没入を遮ろうとしたのではないか。〈弱さ〉に追い込まれているのは一人ではないことへの想像喚起を促すために、読者の目を小説の外へ向ける仕掛けを、周到に張りめぐらしているのではないか。そんな読み解きも可能になります。

子どもは女性にされていく

読者の目を、社会と物語の両方に向けさせる「仕掛け」を、確認してみましょう。

まずは章立てです。この小説はキム・ジヨンがカウンセリングに通い始める「二〇一五年秋」から始まって「一九八二～一九九四」「一九九五～二〇〇〇」「二〇〇一～二〇一一」「二〇一二～二〇一五」と時代区分で章が分かれ、精神科医がひとまずの現状を語る二〇一六年でしめくくられます。

それぞれの章で、キム・ジヨンが向き合う理不尽な出来事が淡々と語られていきますが、この小説を、キム・ジヨンが就職活動を始める時点を境にして前半と後半に分けると、女性がどう「〈弱さ〉に追い込まれていくか」のからくりが、よりくっきり見えてきます。

前半は、キム・ジヨンが、というよりは、ある属性に生まれた子どもが「女性」にされていくまでです。

家の中では弟が優遇され、学校の名簿は男子から始まり、大学のサークルでさえ会長も副会長も総務も女子には任せてもらえない。さまざまな場所でそうした女性差別的なシステムができ上がっていることに子どもは気づき、のみ込んでいく。「世の中はそういうふうになっている」と学ばされる。

それは、自分の身体について「理由はよくわからないけれど、とにかく自分でなんとかするしかない」と学ばされるプロセスでもあります。たとえば生理用のナプキンの性能は悪いし、当時は生理痛専用の薬もない、つまり、実際に下着が汚れてしまったり、日常生活ができないくらいお腹が痛かったりしても、どういうわけかそれを解決するための商品はいっこうに開発されない。したがって、自分でなんとかするしかないし、なんとかできない自分がダメなのだと思わされるプロセスです。

自分の身体が一方的に性的対象にされることも、「理由はよくわからないけれど、とにかく自分でなんとかするしかない」ことの一つです。

一年生のときの担任は五十代の男性だったが、先が人差し指を伸ばした形になっている指示棒を使っており、名札検査だと言ってはその棒で生徒の胸をつついたり、制服検査だと言ってはスカートを持ち上げたりした。あるとき、朝礼を終えた担任がうっかり指示棒を教卓に忘れて出ていくと、しょっちゅう名札検査をされていた胸の大きい生徒がずかずかと前に進み出て、指示棒を床にたたきつけた。彼女はそれを容赦なく足で踏みにじりながら泣いていた。前の席の生徒たちがすぐに指示棒の残骸を集めて捨て、胸の大きい生徒の親友が彼女を抱いて慰めた。

（同書、57〜58頁）

「女子」であるせいで、不当に我慢させられる。性的なからかいや暴力に耐えざるを得ない。前半は、たくさんの女子の体験が続き、まるでアンケートの自由記述欄や大学の講義のリアクションペーパーを読んでいるようです。一瞬、〈我らが主人公、キム・ジヨンはどこへ行った?〉と思えてくるほどです。

ちなみに、この「キム・ジヨン」という名前ですが、「キム」は韓国でいちばん多い名字、「ジヨン」は一九八二年生まれの女性に最も多い名前です。つまり、初めからキム・ジヨンは、その時代の最大公約数を体現した名前でもあるわけです。

前半は、女子を取り巻く理不尽が次から次へと登場する印象ですが、勇敢な少女たちが勝利する場面もいくつか挿入されています。給食を食べる順番で、女子が不利益を被っていると先生に直訴し、改善させる女子。近所の露出狂を取り押さえる女子。これは、変えようと思えば変えられる、という希望や可能性のメッセージのように読めます。

ところが、就職活動から始まる後半では、そのかすかな希望の光さえ弱まる。社会経済活動、つまり労働の面で疎外されていくのです。

妊娠をし、仕事を辞めたキム・ジヨンは、気がつけば家族のためだけの存在になっています。妻であり母、ときどき娘。自分のために使える時間はほとんどありません。キム・ジヨンを心配したり、気にかけたりしてくれる人、手伝おうとする人はいますが、同じだけ負担を分け合える存在は見当たりません。後半になるほどキム・ジヨンのエピソードを中心に物語が進んでいくように見えるのは、キム・ジヨンがひとりぼっちになったこと、孤独になったことの証左でしょう。

負担を共有できる仲間がいる時期は、幼く若いために発言権を与えられず、既存のシステムをのみ込むしかない。成人し、経験を積み、意見を社会に還元できるまでに成長した頃には、ひとりきりにされる。つまり前半、後半のいずれにおいても、声は封じられている。一見、キム・ジヨンの半生を淡々と追っているように見える構成ですが、各ライフステージでの登場人物とエピソードを周到に計算した構造と言えます。

また、この物語のなかではセックスと暴力の二つが描かれていません。そしてこの二つは、先に挙げた孔枝泳の作品やそれ以前のフェミニズム小説に実によく登場するものでした。おそらくは、読者を過剰に登場人物に没入させないための判断だと思います。

「自分ひとりではない」と気づかせる物語

冒頭で触れたように、『82年生まれ、キム・ジヨン』は大きなセンセーションを巻き起こしました。アンチ・フェミニズムを標榜して著者や読者に嫌がらせを繰り返す存在が登場し、プロの読み手である文芸評論家のあいだからも、「文学性が低い」「美学がない」といった声が上がりました。

『キム・ジヨン』をめぐるそうした状況について、韓国を代表するフェミニスト、イ・ミンギョンはこう語っています。

2017年でいちばん多く売れた小説『82年生まれ、キム・ジヨン』（邦訳 斎藤真理子訳 筑摩書房 2018年）も、一部からは「文学的でない」とされている。

このように、ある分野で目覚ましい成功をおさめた女性が登場すると、社会は次のような反応を見せる。まずは他の女性の集団とは別の、たまたま現れた例外あつかいをする。そしてそうあつかい続けることで、歴史上の女性の成功を永遠に一時的なもの、散発的なものと決めつける。同時に、なんとかして成功の理由を本人の力量以外の部分に見つけ出そうとする。（中略）万が一これが男性だったら、女性に対して評価の切り下げ要因となったことはすべて「とにもかくにも成功を導いた要因」と認定され、その男性の能力を高く評価する材料に使われていたはずだ。年間売上トップの男性小説家の作品が既存の文学と違ったら「これは文学ではない」と言われるかわりに新たなジャンルを切り開く信号弾だと持ち上げられ、むしろ高評価を受けていた確率が高いだろう。

（イ・ミンギョン著、小山内園子・すんみ訳、『失われた賃金を求めて』、タバブックス、二〇二一年、48〜49頁）

文学性とは何なのでしょうか。小説とは何なのでしょうか。

チョ・ナムジュは最初からその部分、つまり、既存の文学になじまない部分に自覚的な作家でした。デビュー当時、彼女はメディアでのインタビューにこう答えています。

私は、文才に恵まれた人間でもなければ、小説について専門的に学んだ人間でもありません。それでも、私に語れる物語があると信じています。誰かがかろうじて吐き出した小さな声に耳を傾け、世の中に向かって、慎重に話しかける作家になりたいんです。

（韓国のオンライン書店 yes24 のウェブサイト「CHANNELyes」インタビューより）

『82年生まれ、キム・ジヨン』を、「私の物語だ」と思うか、「私はこうではなかった」と思うかは人それぞれでしょう。しかし、著者が物語に込めた問いかけが、さまざまな立場の読者の感情を揺さぶったことは事実です。そういう意味では、本の中ではなく本の外で、読者をも巻き込んで完成する大きな物語なのかもしれません。また、『82年生まれ、キム・ジヨン』という作品によって、韓国のみならず世界中の弱い場所に置かれた女性たちが、「自分ひとりではない」と自覚することができた。そのことの意味は大きいと思います。

ただし、この作品によって、作家チョ・ナムジュはさまざまな痛みを抱えることになりました。彼女は、自分を襲った苦難の時間もまた、小説のかたちで読者に還元しています。それについては第十三章で詳しく取り上げます。

＊1　最近では変化も出ており、「イ・キム・〇〇」というように父、母いずれの姓も名乗る両姓併記を実践する動きがある。

＊2　日本における法事に近い。旧正月や陰暦の八月十五日といった節句、また、先祖の陰暦の命日などに、親族が本家に集まって執り行う。詳しくは第十一章参照。

第三章
性暴力を「信じてもらえない語り」で描く
――カン・ファギル『別の人』

カン・ファギル著　小山内園子訳
『別の人』
エトセトラブックス　二〇二一年

『82年生まれ、キム・ジヨン』は、女性の人生に降りかかる不条理を棚卸したような、不条理の一大カタログともいえる作品でした。その大ヒットを受けて、韓国の出版界では二〇一六年以降、フェミニズムに関する書籍が続々と刊行されます。さらに明らかにすべき現実、改善すべき課題を探ろうとする「ポスト　キム・ジヨン」的な動きです。そうした空気のなか、二〇一七年に「フェミニズムの最新型兵器」として登場したのが、カン・ファギル著『別の人』という長編小説です。

性暴力の現実を描く「信頼できない語り」

この作品の大きな特徴の一つは、さまざまな立場の女性たちの声が折り重なった、多声的なテキストであることです。

彼女たちの言葉には、さまざまな揺らぎがあります。読み進めるほどに、何が真実かが曖昧になっていく。記憶が上書きされた可能性も示唆されるため、読者は何度か登場人物への認識を改めなくてはなりません。物語の展開と並行して、読者の心にも次第に不安が生まれます。誰かの言葉を信じる、信じない、という問題は、「自分自身が何を信じるに値すると考えるか」と直結しているからです。

「女性の叙事」、女性の身に降りかかる出来事を題材に作品を発表してきたカン・ファギルが、ミステリーなどでよく用いられる「信頼できない語り手」という手法を使って、さまざまな語りで立体的に浮かび上がらせるテーマ。それは、性暴力が生まれてしまう社会の構造でした。

性暴力が裁かれるとき、信頼に足る証言か否か、ということがよく言われます。しかし性暴力こそ、証言の根拠となる記憶が、曖昧にならざるを得ない犯罪でしょう。被害を受けた側がなんとか生きのびようとする過程で記憶が消えたり、捻《ねじ》れたり、あるいは心を守るために〈自分の信じたい記憶〉を生み出すこともあるからです。

性暴力をめぐる現実を考えるとき、『別の人』に「信頼できない語り手」の手法が選ばれたことは、ある種必然のように思えます。

女性、地方、そして差別

主人公は、三十代前半のジナです。ジナはソウルで旅行会社に勤めていましたが、ある事情から退職し、いまは一人暮らしの部屋に引きこもって、ひたすらＳＮＳ上の自分への誹謗中傷をチェックする毎日を送っています。

退職のきっかけは、ジナが性暴力を告発したことでした。職場の上司と恋愛をしていたジナは、彼からたびたび暴力をふるわれ、ある日、ついにデートDVを警察に訴えます。恋人を相手に訴訟を起こして勝訴の判決も勝ち取りますが、加害者である恋人に課せられたのは罰金のみ。彼は収監されることも、解雇されることもありませんでした。不安にかられたジナは、世論を味方につけるべく、出来事をネット上に公開します。

初めのうちは同情や激励が集まるものの、事態は次第にジナの意向とは逆の方向へ動き始めます。「ひどい女」「バカな女」とバッシングを受け、身元の情報も明らかにされてしまう。読めば心を削られることがわかっていながら、ジナは悪意に満ちた書き込みから目を背けることができず、生活は次第に荒んでいきます。そして、罵倒する書き込みの中に、明らかに大学時代の自分を知る何者かのものを見つけて、かつて暮らしていた地方都市「アンジン」へと向かいます。

「アンジン」は、カン・ファギル作品ではおなじみの架空の街です。地方の中堅都市という設定で、幼稚園から大学までの教育機関があり、その気になれば一生そこだけで暮らすことも可能な規模の自治体です。作家自身の故郷である全州《チョンジュ》を思わせる描写も複数見られますが、どこまでも漂白されているような、ありそうでなさそう、なさそうでありそうな地方都市です。

カン・ファギルがアンジンをたびたび作品の舞台に選ぶ理由。それは、この作家にとって「女性の叙事」と同じくらい重要なモチーフが、「地方でのリアルな人生」だからです。韓国の人口の約半分は、ソウルとその周辺の首都圏に集中しています。地方都市では、特に若い世代の人口流出が止まらず、ソウルと地方の格差は広がるばかり。自身も大学まで地方で暮らしたカン・ファギルにとって、地方での暮らしはなじみ深いものであるという以上に、地方ならではの濃厚な閉塞感が創作意欲の原動力にもなっているのだろうと思います。

アンジンに戻ったことによって、ジナは過去の記憶に閉じ込めてきたさまざまな人々と再会することになります。ジナの地元の親友、関係がこじれている幼なじみ、かつて教わった大学教授、また、大学時代に周囲から「都合のいい女性」というレッテルを貼られていた、いまは亡き「ユリ」。まったく歩みの違う彼女たちに共通しているのは、女性だというだけで何かしらの傷を負わされたこと。そして、その傷に必死に意味づけをしながらも、過去の自分とは別の人になりたいと望んでいることです。

アンジンにはまた、彼女たちを傷つけた加害者、加害を傍観してきた人々、容認してきた人々も住んでいます。物語にはかれらの語りも収められています。

被害を受けた女性たちの揺らぐ記憶とは対照的に、かれらの語りは実に自信満々で饒舌です。思い込み、決めつけ、自己正当化。そうした語りを読むとき、実はいまあるのは明確な性差別、つまり、十人いたら十人がダメだと判定を下すようなわかりやすい性差別ではなく、逃げ道や言い訳をさんざん用意した上で、責められたら責め返してくるような巧みな性差別であることに気づかされます。

想像が入り込める風穴を作る

物語は、ジナにとってかけがえのない、ある記憶の記述から始まります。

長い間、その記憶を思い出せなかった。でももう昨日のことのようにはっきりしている。そして、数百年が過ぎたかのようにおぼろげだ。

私の名前を呼ぶ声。

ジナあ、ジナあ？

田畑があった。巨大な田畑はひたすら広くて、見ているだけで胸が張り裂けそうになった。夕暮れには世界がまるごと緋色に染まった。一日の最後の光をふくんだ空気からは乾いた人の肌のにおいがした。手を伸ばすと太陽が揺れた。私は風をいっぱいに吸いこんで、畦道の端まで走った。赤く染まった夕方は、愛に満ちた笑い声のように優しかった。
ジナあ、ジナあ？

（『別の人』、9頁）

この巨大な田畑、赤く染まった夕焼けの記憶が、実はジナの抱える秘密の象徴でもあります。ですから、結末を明かさない範囲で、このシーンが象徴していることについて触れていきましょう。

まず、この記憶を想起しているタイミングが「いつ」かについて、物語では明示されていません。読み方によっては複数の解釈が成立します。日常的にこの記憶を反芻していたのかもしれないし、すべてのことが明らかになった後のジナの思いを、冒頭に持ってきているのかもしれない。

また、「ジナあ、ジナあ」と呼ぶ声の主が誰かも、いくつかの見立てが可能です。つまり、読者の想像が入り込む風穴のようなものが、いくつも埋め込まれているのです。

「信頼できない語り手」の語りは、事実としては確かに信用できないかもしれません。しかし、その語りに絡みついた感情までは、否定することはできないでしょう。もっと言うと、偽の記憶を作り出さなければならなかったということ自体に、登場人物の凄絶な心情が見え隠れします。そういう意味でこの作品には、〈弱さ〉に追い込まれた人の「感情と記憶」が、実につぶさに描かれていると言えます。

韓国フェミニズムと書籍の関係

作者、カン・ファギルは一九八六年生まれです。二〇一二年に「部屋」という短編小説が京郷《キョンヒャン》新聞の新春文芸に当選し、デビューしました。

受賞作の「部屋」という小説は、明言はされていませんが、レズビアンと思われる同性カップルが、大爆発が起きて謎の感染症が蔓延する大都市へ出稼ぎにやってくるという物語です。地方における同性カップルへの偏見、また地方と都会の賃金格差などが背景にあることが読み取れます。感染症が蔓延する廃墟状態の都市でも、やはり女性差別はあり、セクハラをする上司がいます。

デビュー作以来、一貫して女性に関わる事実や事件を物語に昇華させてきた彼女は、二〇一七年以降、韓国のフェミニズム作家の先頭を走る存在として多くの女性たちの支持を集めます。その背景にあったのが、二〇一六年を起点に韓国で急激に広がったフェミニズム・ムーブメントでした。このムーブメントは、韓国で「フェミニズム・リブート」*1と呼ばれています。フェミニズム・リブートは、書籍と深く関わり合い、作用し合いながら広がった動きでもあります。

二〇一六年五月、韓国の繁華街、江南《カンナム》駅付近の雑居ビルで、トイレに忍び込んでいた男性が一人の女性を殺害しました。犯人は長いあいだトイレで、男性ではなく女性が入ってくるのを待ち伏せし、女性を狙って犯行に及びました。さらに取り調べでは、日頃から女性を憎んでいたことを供述します。「江南駅女性殺人事件」と呼ばれるこの事件によって、韓国の女性たちは「女性であるだけで命まで奪われる」という現実を突きつけられることになりました。

事件が女性嫌悪《ミソジニー》殺人か否かをめぐっては、家庭で、職場で、学校で、さまざまな意見が飛び交いました。周りの男性たちの無理解さに、さらに孤独を深める女性たちも増えていきます。そうした女性たちの圧倒的な支持を集めた本が、事件から約三か月後の八月に刊行された、イ・ミンギョン著『私たちにはことばが必要だ　フェミニストは黙らない』です。

フェミニストのための会話集を謳《うた》うこの作品は、女性嫌悪をする相手、性差別をする相手にへりくだって丁寧に接する必要はない。差別があるかどうかを判断するのは、差別をされている側である、という明確な主張を打ち出して、七万部の売り上げを記録します。

さらに二か月後の十月、今度は女性たちの出遭う理不尽の一大カタログのような小説が刊行されます。チョ・ナムジュ著『82年生まれ、キム・ジヨン』です。

我慢していたのは自分一人ではないこと、黙っていては何も変わらないことを二冊の本で確かめた女性たちにとっては、「フェミニスト」が集団的なアイデンティティとなりました。大規模なデモが行われ、オンラインでの活動が活発化する。中心を担っていた若い世代は、ヤング・フェミニストと呼ばれるようになります。

ヤング・フェミニストたちが、フェミニズムを体感できるような小説を求める。そして作品が次々に発表されていく。相乗効果が社会に大きな影響力を生み出すなか、二〇一七年に発表されたのが『別の人』でした。『別の人』はその年、韓国のハンギョレ新聞社主催の「ハンギョレ文学賞」を受賞します。選考委員の一人はこの作品をこう評価しました。「あまりに深刻化した「女性嫌悪」社会の空気のなか、日々更新されつづけるフェミニズムの最新型兵器。それが『別の人』だ」

地方差別と女性差別

フェミニズム・ムーブメント、と一口に言っても、都市部か地方かによってその広がり方には濃淡が生まれます。フェミニズムに限らず社会運動は、その時代、その土地における支配的な価値観に大きく影響されるからです。『別の人』の舞台・アンジンは、決してフェミニズム・ムーブメントを歓迎するような土地柄ではありません。家父長制の慣習が色濃く残る保守的な地域という設定です。

そして、そうした価値観にあえて逆らわず、ひたすら女性として不利益を被らないようにとだけ考えて人生を選択するキャラクターが登場します。ジナの通っていたアンジン大学の教授、イ・ガンヒョンです。

年齢は五十過ぎ。「母親が五回目に妊娠した、三番目に産んだ女児」のガンヒョンには、上に二人、生まれてくることの叶わなかった姉がいます。

『82年生まれ、キム・ジヨン』にも出てきましたが、韓国では男女の産み分けのための妊娠中絶が積極的に行われた時期がありました。そこまでいかなくても、女の子が誕生した場合に男の子風の名づけをして、男児誕生を祈願するという風習も存在していたといいます。「ガンヒョン」はまさに男の子の名前です。この名前だけを見ても、女児ガンヒョンの誕生は歓迎されていなかったことがわかります。

生を享けた後も、ガンヒョンは「娘」、つまり女性であるというだけで選択肢を奪われます。成績は優秀なのに、ソウルの大学はおろか地元の大学への進学も許されず、代わりに見合いを勧められる。仕方なくガンヒョンは「英語教師になる」と嘘をついてアンジン大学に進学し、死に物狂いでアルバイトをしてお金を貯め、親から独立して学究の道へ進みます。とはいえ、ソウルの大学と地方大学には階級制度にも似た厳しい序列があるため、ガンヒョンはアンジンにとどまり、アンジン大学内でのポスト獲得に躍起となる。自分がつぶされないために、権力者の期待に先回りをするという戦術で生き残りを図ります。
その彼女が、まさに女性であるという理由で、大学のセクハラ窓口の担当を任じられる。もちろん、期待に応えるのが習い性になっているガンヒョンは、表面上被害者をいたわる態度を取って、与えられた役割を演じます。しかし、本音では被害を受けた女子学生たちが理解できない。軽蔑に近い感情を抱いています。

なぜ相手を信じるのか。
なぜついていくのか。
なぜ！
そんなだから、みんなに殺してもかまわないと思われるんだよ！

（同書、２５７頁）

「自分は女性である」という事実、「女性は不利益を被る」という事実をのみ込むことで生きてきたガンヒョンは、地方に暮らしながら女性差別を内面化した女性です。彼女の目には、裏切るほうではなく信じるほう、誘うほうではなくついていくほう、殺すほうではなく殺しても構わないと思われるほうが悪いように映るのです。

折り合いをつけることで、容認される加害
――『彼女は頭が悪いから』とともに

このガンヒョンのキャラクター造型を考えたとき、姫野カオルコ著『彼女は頭が悪いから』の、ある登場人物を思い出しました。

『別の人』の刊行は二〇一七年、『彼女は頭が悪いから』は二〇一八年。ほぼ同時期に、日韓で大学生の性被害をテーマにした長編小説が発表されたことになります。『彼女は頭が悪いから』は、東大に通う男子学生と中堅の私立女子大に通う女子学生、境遇の違う二人のあいだに起きた性暴行事件を追いながら、社会に無意識に刷り込まれた差別や格差をもあぶり出す意欲作です。

この作品にも、大学の教授を務める女性が登場します。イ・ガンヒョン同様保守的な土地柄に生まれて、親からも「不細工」と貶《けな》されて育った女性です。男子が彼女の容姿を罵《ののし》っても、大人たちは「好きな女の子にわざとイジワル」しているんだと言って取り合いません。そして彼女には、かろうじて性加害を免《まぬが》れた過去があります。

この教授は、表面的で受け身なガンヒョンに比べれば、はるかに誠実に被害を受けた学生と向き合います。そっと寄り添うように、こんな言葉をかけます。

「神立さんがどれだけいやな気持ちだったか、私は他人ですから完全にはわかりません。ただ察することしかできません。でも、どうか元気を出して」

（姫野カオルコ著、『彼女は頭が悪いから』、文藝春秋、二〇一八年、461頁）

まったく対照的な二人の教授ですが、実は大きな共通点があります。二人とも同じ過去、つまり、自分がのみ込み、耐えることで社会と折り合いをつけてきたという過去を持っているのです。もちろん、それぞれ必死に生きてきたであろう二人の置かれた状況を考えれば、ある意味仕方のないことであり、なぜ声を上げなかったのか、と責めることはナンセンスでしょう。問われるべきは個人ではなく、社会のほうですから。

ただ、もし彼女たちの世代で、自分ではなく相手や社会を変える動きが広がっていたら、社会そのものの価値観が変わっていたら、次の世代に当たる『別の人』に登場する女性たちや『彼女は頭が悪いから』の主人公への加害は、非常に希望的な観測ではありますが、もしかすると生まれていなかったかもしれません。そう考えるとき、両方の物語に主人公たちの上の世代のキャラクターも丁寧に描かれている意味が、より心に響きます。

いずれの小説も、被害を受けた側だけではなく加害する側、加害を傍観する側、加害を容認している社会という複数のレイヤーを描いているという点で、非常に重層的な作品です。ぜひ、あわせて読んでほしいと思います。

＊1　文化評論家の孫希定《ソン・ヒジョン》が名づけた、二〇一五年以降のフェミニズムの大衆化のこと。二〇〇〇年以降停滞していたフェミニズム運動が再起動（リブート）したとしている。

第四章
「普通」の限界、クィア文学が開けた風穴
——パク・サンヨン『大都会の愛し方』

パク・サンヨン著　オ・ヨンア訳
『大都会の愛し方』
亜紀書房　二〇二〇年

「私は異性愛者で、法律婚をしているシスジェンダー女性です」。

数年前まで、私は、翻訳を担当したジェンダーやフェミニズムに関する書籍の読書会で、意図的にこう自己紹介していたことがありました。自分がどういう立ち位置からその本と向き合っているか、明らかにするべきだと考えたためです。

現在の日本では、愛する相手に異性を選ぶ人、異性と法律婚をしている人のほうが、圧倒的な多数です。そうした多数派が、自らを「当たり前」の存在と見なす場面にずっと引っかかりを感じてきました。「当たり前」イコール「いわずもがな」「説明不要」という態度に反発して、前述のような自己紹介を積極的に口にしていたのです。「多数派にあぐらをかきません」という選手宣誓のようなものだったのかもしれません。

しかし、この章で紹介するクィア小説『大都会の愛し方』を読んで、考え方が一八〇度変わりました。そうした自己紹介など無意味、もっと言えば、無邪気な暴力であるとさえ感じました。

「クィア（queer）」とは、異性愛の枠組みに当てはまらないセクシャル・マイノリティを指す言葉です＊1。少なくとも、私という読者の行動変容をもたらしたこのクィア小説は、韓国の現代文学でも記念碑的な作品と言われています。

〈軽妙〉で〈洒脱〉なクィア小説

著者のパク・サンヨンは一九八八年生まれ。作家デビューは二〇一六年で、三年後の二〇一九年に発表したこの小説集で大きな脚光を浴びました。刊行から二か月で四万部を突破。注目は世界にも広がり、イギリスで最も権威ある文学賞「ブッカー賞」の翻訳書部門「ブッカー国際賞」で、二〇二二年のロングリスト（第一次ノミネート作品）にも名を連ねます。デビューからわずか数年で、パク・サンヨンは一躍、韓国文学を代表する作家の一人となりました。

『大都会の愛し方』に収録されているのは四つの短編です。いずれも一人称話者で、語り手は作家でありゲイ男性の「ヨン」。物語は、大学生から兵役を経て社会人となり、いまは作家として執筆活動を続ける「俺」（＝ヨン）の目線で綴られていきます。

都会的でスマート、ユーモアがあって会話術にも長けているヨンは、一方で人生に非常にシニカルな態度で臨み、心に傷を抱えている気配もあります。それは傷痕ではなくて、うっかりすると瘡蓋《かさぶた》が剝げて再び体液がにじんできそうな回復途中の傷です。そんな自分の傷でさえ、どこか醒めた調子で眺める。傷がまた疼かないよう距離を取り、メタな視点で観察しているようにも読めますし、あるいは、傷が開いたらそれはそれでしょうがないと開き直っているような節もあります。万が一不幸な展開になったら、笑い飛ばすことで痛みを減じる。ヨンのそうした態度は、経験から導き出された、彼なりの「生活の知恵」なのでしょう。

なにしろヨンは作家ですから、その「生活の知恵」を裏打ちするだけの語彙力がありますす。特に固有名詞の使い方は秀逸で、思わずクスッと笑ってしまうほどです。しかし、読み進めるうちに、単なる洒落た言い回しだと思って読んでいた「マルボロ・レッド」や「ユ・ソルヒ看護スクール」や「カイリー・ミノーグ」が、他に替えが利かない切実な記憶の一部であるとわかる。その瞬間、登場人物の人生や運命の重さが、ぐっと読む側の胸に迫ってきます。

したがって、この小説集は、弱い場所に置かれた人のつらさばかりにズームインするわけではありません。むしろ、抱えているものを丸ごと捉えた、リアルな作品と言えます。

四つの収録作品のうち、巻頭の「ジェヒ」と表題作の「大都会の愛し方」から、そのリアルなクィア小説が、洒脱さをまといつつ問いかけているものを探っていきましょう。

性がもたらす生きづらさ
――「ジェヒ」

タイトルの「ジェヒ」とは、ヨンと同じ大学に通う女子の名前です。彼女は異性愛者で、気の向くまま複数の男性とつき合い、自由な性関係を持っています。物語のなかでは「ヨンと同じように貞操観念がない」と表現されていますが、それは「普通」や「常識」に縛られないという意味でもあります。

「普通」や「常識」に縛られないジェヒは、ヨンがゲイ男性であることについても、単なる情報以上の意味づけをしません。「俺、身長一七四センチなんだ」と言われれば、「そうなんだ、一七四センチなんだー」と返すくらいのリアクションです。

ジェヒとヨンは、知れば知るほどお互いに共通する点が多いことに気づいていきます。恋の相手が男性という点で話が合うし、保守的な親に自分の存在を否定された経験も共通しています。

相手に自分のことを理解してもらおうとして、あれやこれや説明するという行為は、なかなか心を削られるものではないでしょうか。言葉を尽くして説明しなければわかってもらえないくらいなら、説明そのものをやめてしまう、という人もいるでしょう。ですから、生きづらさを想像し合える関係は、ヨンにとってもジェヒにとっても非常に心地よく感じられます。互いのできることとできないことを補完し合えば、最強のペアになれる。そう考えた二人は、やがて友人として同居を始めます。

そんな共同生活を続けていたある日、ジェヒの妊娠が発覚します。胎児の父親はわかりません。父親に代わって、ヨンが友人として病院に同行します（ただし病院では胎児の父としてふるまいます。実質的に協力可能という点でも、ヨンはジェヒにとって最強の友人なわけです）。ジェヒの診察中、待合室で時間をつぶしていたヨンに、ふと過去の記憶がよみがえります。自分が性感染症の不安を抱えて、恋人の「工学部生」と二人で泌尿器科に行った時の記憶です。その病院で、ヨンは、男性看護師たちのこんな会話を耳にしてしまいます。

注射室に入ってズボンを少し下ろし、相変わらず少し恥ずかしい気分にひたっているとき、パーテーション越しに男の看護師二人が小声でささやいているのが聞こえてきた。

——あいつら見たか？　ぜったいあっちだろ？

——間違いない。ホモだね。

——げっ、クソきもい。

俺も思わず噴き出してしまった。一緒に検査を受けた工学部生はなにも感染していないという所見だった。俺は注射室で聞いたのは冗談で流してやろうとしたのに、工学部生のほうは、そんなたわごとを抜かしてやがる准看野郎どもを今すぐ呼んでこいと、かんかんになって怒った。俺はその姿を見てやっと、これって怒ってしかるべき状況だったんだと遅ればせながら気がつき、怒るべき状況で誰よりも大声で笑うのが俺の癖だってこともついでにわかった。

(『大都会の愛し方』、「ジェヒ」、25〜26頁)

「怒るべき状況で誰よりも大声で笑うのが俺の癖」。待合室でヨンがかつての思い出をこう振り返った直後に、ジェヒがいる診察室で異変が起きます。中年の男性医師の態度に腹を立てたジェヒが逃走を図るのです。「女性の体にとって一番よくないのが、ふしだらで安全じゃない性生活」と言い、「生命の尊さと純潔の大切さ」を説く中年男性医師の態度が、ジェヒの怒りに火を点けたのでした。

ヨンと違って、ジェヒは怒るべき状況で笑ったりしません。二人は別の病院で手術を受け、ヨンは、ジェヒが回復していく過程を、適度な距離感で見守り続けます。

二元論ではなくグラデーションを見つめる

セクシュアリティや性に絡む問題は、当然ながら体の問題が大きなウェイトを占めます。性行為、それによる妊娠、出産、病気、けが。他者との身体的な接触が自分の身体に、プラスであれマイナスであれなにがしかの影響を与える。そうなると、身体を診る医療の分野と、どうしても関わりが生まれてきます。

最初に述べたように、この作品の文体は非常に軽妙洒脱です。そもそもヨンは、考え過ぎそうになると意図的に思考を止めているところがあるので、ヨンの過去の泌尿器科での出来事とジエヒの産婦人科での出来事のいずれも、深刻なトーンや告発調には語られません。エピソードは、この時点での二人の結びつきを象徴するものとして紹介されるのみです。

しかし、ヨンとジエヒが医療の現場で経験する出来事は、実は私たちの生活でよく使われている「物差し」が、いかに一方的なものであるかを雄弁に語っています。

医療というのは、いわば「キュア（cure）」、治療が最大の目標とされる分野でしょう。キュアを前提にした場合、「正常か、異常か」「健康か、病気か」「治せるか、治せないか」という考え方が中心になってきます。クリアな物差しが重要視される場です。

もちろんそのこと自体が悪いわけではありません。多くの人が、医療の助けを借りて生活を維持していることは、厳然たる事実だからです。ただ、そうしたクリアなキュアの物差しで個人を測ることばかりが当たり前になると、正常と異常のあいだ、健康と病気のあいだなどにあるさまざまな状態への配慮、ケア（care）が減っていくことが気になるのです。

作品に戻れば、男性医師はジェヒに、自分が思う「女性の体にとって一番よくない」ことが「ふしだらな性生活」であると伝えます。これに対してジェヒは、妊娠と出産のほうが女性の体への負荷になると反論する。しかし、医師は取り合いません。そもそも、この医師がジェヒに、どのような医療を望んでいるかを尋ねる場面がありません。

患者一人ひとりの人生にとって「何が正常か／異常か」「どうあることが健康か／不健康か」「治すとは何か」はそれぞれ異なります。つまり、正しさや健康という言葉にもグラデーションがあるはずです。個別の価値観を見極めることに専門的な知見が活かされてもよさそうなものなのに、「大体の場合はこれが有用」と既成の物差しが当てられてしまう。そのことの暴力性を、いかにもありそうな日常で、「普通」に縛られない登場人物の目線で描くことで、読む側にざらりとした苦い後味を残しています。

女性とゲイ男性に共通する〈生きづらさ〉

この小説を読んでいると、女性とゲイ男性には確かに重なる部分が多いと思わされます。その共通点を、主人公のヨンはこう語ります。

当時の俺たちは、互いを通じて人生のさまざまな裏側を学んだ。例えば、ジェヒは俺を通じてゲイとして生きるのは時にマジでクソだってことを学び、俺はジェヒを通じて女として生きるのも同じくらい楽じゃないってことを知った。そして俺たちの会話はいつだって一つの哲学的な質問で終わった。

——うちら、なんでこんなふうに生まれたんだろうな。

——わかんない、あたしだって。

（同書、「ジェヒ」、35〜36頁）

「マジでクソ」で「楽じゃない」人生の裏側を知った二人だからこそ、この哲学的な質問が口に出せたのでしょう。深い質問ほど、わかってもらえると信じる相手でなければ投げかけづらいものですから。

とてもいい友情に映る二人の物語ですが、ジェヒが結婚も考えるような男性と交際し始めたことで、微妙なズレが生まれます。個別性が高く、自分の物差しを大事にする者同士だった二人のあいだに、世の中が「して当然」と断じる代表格のような「結婚」が、突然割り込んでくる。あれほど理解し合えた二人がその後どうなるかを見届けると、「普通」というものの圧の強さを思わずにはいられません。

韓国文学で一分野を築く「クィア小説」

前章でも紹介したフェミニズム・リブート以降、韓国の文学界では「多様な少数者」にまなざしが向けられるようになりました。それまで確かに存在していながら透明化されてきた人々の物語に、読者の関心が集まったからです。フェミニズム文学とともに多くの作品が発表されたのが、クィア文学です。

性的マイノリティの立場から眺めたとき、社会が「普通」「一般的」「正常」と見なしているものがいかに理不尽であるかが、非常にクリアに伝わってきます。さらに、そういう理不尽な社会は他の少数者、たとえば身体的、精神的、経済的な困難を抱えている人にとっても冷酷でしかないことがわかる。クィアの視点は、さまざまな面から社会の成熟度を測るのに有効な目安でもあります。実際、二〇一七年以降に刊行されたクィア文学は、社会の多くの課題に切り込んでいます。

たとえば、チョ・ウリ著『私の彼女と女友達』（カン・バンファ訳、書肆侃侃房、二〇二三年）では、レズビアンへの偏見が女性差別的な労働環境とともに描かれます。また、キム・ヘジン著『娘について』（古川綾子訳、亜紀書房、二〇一八年）で浮き彫りになるのは、母と娘という世代間のギャップです。ちなみに、キム・ヘジンの最新邦訳短編集『君という生活』（古川綾子訳、筑摩書房、二〇二二年）では、登場人物の性別が完全には規定されていません。物語はあくまでも「君」と「私」という関係性で展開します。少数者である登場人物自らが「違う」ことを語るのではなく、「違う」のが当たり前という意識が読み手の側、社会の側にあってほしいという作者のメッセージだろうと推測します。

考えてみれば、セクシュアリティは、単に個人の生活を構成する一要素です。セクシュアリティのみが個人を構成する要素ではない。そのことが韓国のクィア文学では非常によくわかり、改めて、女か男か、同性愛か異性愛か、という二元論だけで捉える暴力性を確認することができます。

涙を笑いに変換しなければならない切実さ
──「大都会の愛し方」

クィア文学が一つの分野として場を確保するなかで、パク・サンヨンの作品はどう受け止められたのでしょうか。『大都会の愛し方』の訳者あとがきでは、次のように説明されています。

従来の韓国文学におけるクィアが、当事者の生きづらさや悲しみが主軸だったとすれば、パク・サンヨンの描く世界は、露骨で赤裸々な恋愛、切ない別れ、就職難や挫折と諦め、親世代や保守勢力との葛藤、宗教による差別や断絶、妊娠中絶、HIVなど、現在の社会問題を真正面から取り入れ、そこで生きるクィアたちを軽やかに、自嘲気味に笑い飛ばした。文壇からも、クィア文学の限界を乗り越えた記念碑的作品、マイノリティー文学の大衆化に成功したと評され、パク・サンヨンは名実ともに二〇一〇年代の若者文化を、そしてすでに二〇二〇年代の韓国文学を代表する作家と言われている。

（同書、「訳者あとがき」、259〜260頁）

引用にあるとおり、収録作品はいずれも社会の問題を色濃く反映しています。特にHIVの問題は、四編中二編に登場します。もっとも、作中に直接この病名が出てくることはありません。

表題作の「大都会の愛し方」では、主人公のヨンがその病気に罹患していることが明らかになります。すると、彼は持病に名前をつける。死ぬまで一緒に過ごす運命なら、せっかくなので耳ざわりがよくて美しい名前をつけよう、と考えるのです。マドンナでもない、アリアナでもない、ブリトニーでもないしビヨンセでもない、と決まった名前が、「カイリー・ミノーグ」でした。表題作「大都会の愛し方」では、キャリア（ウィルス保持者）である状態が「カイリー持ち」と表現されています。

性行為で感染する病気の場合、感染拡大を防ぐためにもセックスのパートナーに感染の事実を伝えることが大事だと言われています。しかしそれは、当事者にとってはかなりの勇気を要する行為でもあります。相手を危険にさらしたくないという思いと、病気を告げたら自分から去っていってしまうかもしれないという懸念、二つの思いに深い葛藤を味わわざるを得ないからです。

また、かつてＨＩＶに対する目線は、いま以上に理不尽で差別的でした。ウィルスというものは条件が揃って感染する、非常にメカニカルな仕組みのはずなのに、あたかも一つのセクシュアリティだけを狙い撃ちして感染が広がるような無責任な言説が広められ、結果、ゲイカップルに対する多くの差別を生みました。

そうしたことも踏まえた上で「大都会の愛し方」に戻ると、「カイリー持ち」という発想は、ちょっと膝から力が抜けるくらいの衝撃力です。時代が進んだ気がします。だからこそ、その軽妙な呼び名は切なくも響きます。

耳ざわりのいい名前で呼んだとしても、当事者がその病によって背負うものはあまり変わらないでしょう。そうだとしてもせめて明るく、涙の味がする笑いに変換しようというのが、前述したようにヨンの生活の知恵なのです。それは、逆境に置かれても消耗し過ぎないようにするための、リアルで確かな反抗術だろうと思います。

あるいは、ヨンの態度はこんなことを問いかけているのかもしれません。「ゲイ」「HIV」「感染」「キャリア」。そんな単語だけで、ありきたりの悲劇を想像したんじゃないのか。俺たちの丸ごとではなく、自分の想像のつく範囲で、勝手にイメージを膨らませたのではないか、と。

私たち一人ひとりが少数派

著者のパク・サンヨンは二〇二二年十一月に来日し、『大都会の愛し方』についてのトークイベントを行っています。そこで、本作が韓国の文壇でどう受け止められたかについての言及もありました。

これまで、パク・サンヨンが自身のセクシュアリティを明かしたことはありません。主人公のヨンはゲイ男性と明示されていますが、著者本人は、そうであるともないとも語っていなかった。にもかかわらず、文壇には本作を、ヨン＝パク・サンヨンの自伝的なオートフィクションと決めつける声があり、さらには、カミングアウトしたという事実が確認できていないにもかかわらず、「ゲイ作家のパク・サンヨン」と報じた記事もあったといいます。

セクシュアリティという個人の尊厳に関わる要素を、決めつけで口にする人。言える人、言えない人の事情を斟酌することなく、用語として使用するマスコミ。著者の口からそのエピソードが語られたとき、それまで和気あいあいとしていた会場に一瞬沈黙が広がりました。

トークイベントでパク・サンヨンのそんな言葉を引き出していたのが、『1日が長いと感じられる日が、時々でもあるといい』の著者、小沼理さんでした。日記で日々を記すことを「日本で生きているゲイ男性の一人としてのアクティヴィズム」と位置づけている小沼さんは、その著書の中でこう書いています。

私はエラー。この感覚は今も続く。「自分がかかわると事態は必ず悪い方へ進む」というイメージも、やっぱり消えない。でも、それで構わない。身につけてきた生き抜く術に愛着をもっているから、人生をやり直したいとは思わない。そう思えるところまではたどり着いた。今は社会の構造や風潮に問題があると知っていて、変えていきたいと思う。個人的な実感から構造を問う文学や映画、音楽の存在に励まされている。ひどいニュースを見るたび、いい加減にしてくれ、と怒りたくなる。その力で、先へ向かおうとすることはできる。足取りに自信がなくても、進みたい方向ははっきりわかっている。

（小沼理著、『1日が長いと感じられる日が、時々でもあるといい』、「私はエラー」、タバブックス、二〇二二年、171～172頁）

『大都会の愛し方』の主人公、ヨンもまた、「身に着けてきた生き抜く術」に愛着を感じているキャラクターと言えるでしょう。どうにか人生を進んでいこうとするヨンが傷を抱える場面を読むとき、私たちは感情を激しく揺さぶられ、社会や風潮による問題を身をもって感じることになります。

「普通」という物差しは、正しさや合理性が証明されたものではなく、ただ「長いあいだそうだったから」「多数の人がやっているから」という理由で重要視されてきたもののほうが多いのではないでしょうか。そうでありながら、つまり、正当性があるからではなく、そういう人が多そうだからという理由で、無意識に何かの価値観を押しつけたり、強要したりすることが、この社会にはある。

この章の冒頭で、私がかつて「異性愛者で、法律婚をしていて、シスジェンダー女性」

という自己紹介をしていたことに触れました。もし自分が多数派でなかったら、私は自らのセクシュアリティやジェンダーアイデンティティを口にしていただろうか。また、何のてらいも迷いもなく明らかにすることが、マイノリティの「黙っている権利」を侵すことにはならなかっただろうか。そう考えて深く反省をしました。

いまは、そのような自己紹介をしていません。もし『大都会の愛し方』を読んでいなかったら、相変わらず同じことを言っていたのだろうと思うと、少し怖くなります。そして、自分の価値観を問い直すきっかけを与えてくれたこの作品に、心から感謝しています。

＊1　もとは男性同性愛者を侮蔑する用語として使用されていたが、一九九〇年代に入って、性的マイノリティ当事者のなかから、積極的、挑発的にこの用語を使用する動きが始まった。（参考文献：飯野由里子、「「クィアする」とはどういうことなのか?」、『女性学』二〇〇八年一五巻より）

第五章
経済優先社会で行き場を失う労働者
——孔枝泳『椅子取りゲーム』

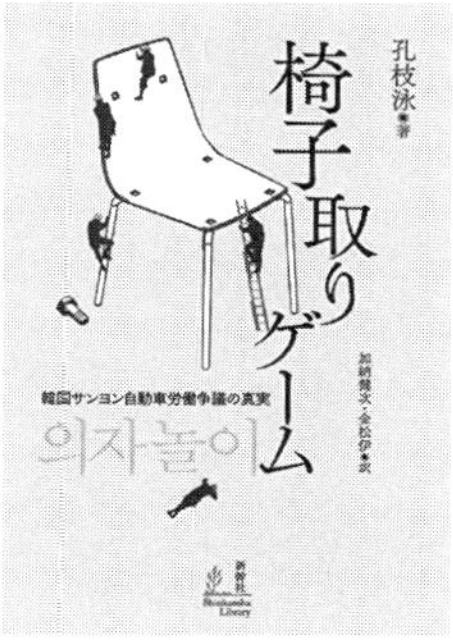

孔枝泳著　加納健次・金松伊訳
『椅子取りゲーム』
新幹社　二〇一五年

この章で取り上げるのは、小説ではなくルポルタージュです。ただし、フィクションのプロである小説家が書いたルポルタージュになります。孔枝泳《コン・ジヨン》の『椅子取りゲーム』という作品です。

第二章でも紹介したとおり、著者の孔枝泳は、『キム・ジヨン』以前のフェミニズム文学を牽引してきました。また、実在の事件を題材に選んで、社会が抱える課題に果敢に斬り込む小説家としても知られています。

その彼女が初めて挑戦したノンフィクションが『椅子取りゲーム』です。テーマは、二〇〇九年に起きたある自動車会社の従業員の大量解雇と、それに続く労働争議でした。経済がグローバル化し、企業は生き残りのためだとして労働者の解雇に踏みきる。しかし、その解雇は本当に正当なものだったのか。労働者は果たしてどんな現実と向き合ったのか。選択肢を奪われた側、つまり労働者側に立つと明確に宣言して、大手メディアや世論がすくい上げてこなかった小さな声に光を当てる。非常に肝の据わったルポルタージュです。

「サンヨン自動車労働争議」とは

二〇〇九年四月、韓国の大手自動車メーカー、サンヨン（双龍）自動車は、経営不振に伴う従業員の整理解雇を発表しました。これに反発して、労働組合を中心に労働者が工場での立てこもりなどを実施し、全面ストライキに入ります。

労働者の抵抗は二か月あまり続き、最終的には警察が鎮圧。労使は交渉のテーブルにつくことになりました。そして、交渉成立の直後、警察はストライキ参加者の九十六人を連行し、同年十一月までに六十六人を拘束します。争議中よりもむしろ労使が合意に至った後に、次々と自殺者が出た労働争議事件でした。

孔枝泳がこの事件を知ったのは、労働争議が終結した約二年後の二〇一一年です。彼女自身が労働運動に精通していたこと、また、事件発生当時は、サンヨン自動車以外の企業でも頻繁に労働争議が起きていたことから、当初はそれほどこの事件に関心を寄せていませんでした。

それが一転してルポルタージュ執筆へと舵を切ったのは、この「争議終結後に自殺者が続出」という事実に疑問を抱いたからです。整理解雇の対象者は二千六百四十六人。うち、二十二人の労働者とその家族が、自ら命を絶ちました。小説家はそこに異常性を嗅ぎつけるのです。

私は、何一つ理解できなかった。解雇が、失業が、破産が、そう、人間にとてつもない衝撃を与えたとしても、どうして集団としてこの状況にまで至ることがあり得るんだろうか。

（『椅子取りゲーム』、30頁）

作家は、亡くなった労働者たちの実像を求めて、取材を開始します。

「作家の責任」を果たし続ける孔枝泳

孔枝泳は、作家人生そのものが韓国社会への問題提起とも言える人です。生まれは一九六三年。全斗煥《チョン・ドゥファン》政権の頃に大学生活を送り、一九八七年には大統領選挙での不正投票に反対する抗議デモに参加して逮捕されます。その体験を元にした短編小説で文壇にデビュー。以降、女性差別、死刑制度、児童・障害者への性的虐待、宗教団体の腐敗など、韓国社会のリアルな問題に真正面から取り組んだ作品を発表して、社会派作家としてのポジションを確立します。

作品は小説だけにとどまらず、数多くのエッセイも発表。「発言する女性」として積極的に発信を行うことでも知られています。ただし、メディアの視線は必ずしも好意的なものではありませんでした。記者会見や特集記事では、新作のことより先に彼女のファッションが取り上げられる。三度の結婚と離婚を経て、姓の異なる三人の子どもを育てるシングルマザーという生き方が、儒教的な価値観を乱す存在であるとバッシングされる。彼女が「女性作家」として浴びてきた注目は、その実、女性嫌悪の集中砲火と変わらなかったかもしれません。

二十代から第一線を走り続け、社会に発言するという作家の責任を果たしてきた彼女にとって、サンヨン自動車労働争議があった二〇〇九年は、むしろ社会の暗部から目を背けたいという気持ちが生まれ始めていた時期でした。

私は歳を取った……。いまや一つのテーマでのみ小説を書く作家ではなくなった。私は朴正煕、全斗煥、盧泰愚らが市民を思うがままに殺し、死なない程度に踏みにじり、跪き助けてくださいと拝みたおすのを見て青春を送った。恋愛一つ出来ず、人生について、愛について、セックスや結婚についてかの歳で経験する悩みなどでき得ない生をいきた。そして民主化もかなり実現したようなので、この先は大人になって楽しく過ごしたかった。「ハリー・ポッター」を書いたジョアン・キャスリーン・ローリングのように、無限大の想像力で多彩なストーリーを創りだしたかった。

（同書、43頁）

やむにやまれぬ思いで現場へ

孔枝泳のこの率直な告白を読んだ時、同じく著者が現場へ飛び込む逡巡を記していた書籍が頭に浮かびました。二〇一七年に刊行された、上間陽子著『裸足で逃げる　沖縄の夜の街の少女たち』です。

故郷の沖縄で、暴力にさらされながら必死に最善の道を模索する少女たちの姿を、著者は伴走者のように見つめ、本人の了解を得て記録に残します。研究者という自分の立ち位置を明確にした姿勢は、小説家として関わると決めた孔枝泳とどこか重なります。そして『裸足で逃げる』の著者も、やはり現場を書く覚悟を記していました。

一五歳のときに、捨てようと思った街に私は帰ってきた。今度こそここに立って、女の子たちのことを書き記したい。

これは、私の街の女の子たちが、家族や恋人や知らない男たちから暴力を受けながら育ち、そこからひとりで逃げて、自分の居場所をつくりあげていくまでの物語だ。二〇一二年の夏から二〇一六年の夏までの、四年間の調査の記録である。

（上間陽子著、『裸足で逃げる　沖縄の夜の街の少女たち』、「まえがき」、太田出版、二〇一七年、19頁）

誰にとっても時間は有限です。やりたいこと、それほどやりたくないこと、やらされていることの狭間で自分を調整しながら、なんとか日常を送っているというのが現実でしょう。

『椅子取りゲーム』と『裸足で逃げる』の著者たちもまた、そんなふうに人生を過ごすなかで、どうしてもやり過ごせない、目を逸らしてはいけないと思う現実に出会ってしまったのだと思います。実人生を考えれば、関わらずにいたほうが精神的に消耗しなくてすむかもしれない。でも誰かがきちんと記録しなければいけない――。二人の著者がやむにやまれぬ思いで飛び込んだ現場が、どちらも尊厳を奪われかけた弱者の居場所であったことに、胸を衝かれます。

大手メディアが伝えなかった事実

取材を開始した孔枝泳は、そもそもサンヨン自動車は本当に整理解雇をする必要があったのか、また、整理解雇が進むなかで労働者たちはどんな状況に置かれていたのかについて、丁寧に調べていきます。

二〇〇九年当時、サンヨン自動車は、ソウルから八〇キロほど離れた平澤《ピョンテク》市にありました。この街でサンヨン自動車勤務の労働者は、「地元の花形企業に勤める裕福な会社員」という位置づけです。その花型企業に同年四月、リストラ話が持ち上がる。会社側は「全労働者の三七％、現業労働者のほぼ半数を解雇」（『椅子取りゲーム』、17頁）するという整理解雇案を発表しました。

前年のリーマンショックを受け、当時は韓国経済全体を不況の波が襲っていました。経済の立て直しを掲げて二〇〇八年に当選した李明博《イ・ミョンバク》大統領は、サンヨン自動車が整理解雇を発表したのと同じ四月に、「玉石を選別し、リストラする企業は早くリストラをしてこそ、堅実な企業として生き残れる」＊1と、リストラの断行を後押しする発言をしています。

取材を進めるうちに、孔枝泳は、社会に流れるこの「リストラやむなし」の空気をただすような、いくつかの疑問にたどりつきます。

一つは、サンヨン自動車の経営は本当に悪化していたのか。

IMF危機を契機に業績が低迷したサンヨン自動車は、公的資金の注入後、中国の企業に売却されます。ところがこの中国企業は、買い取る際の取り決めだった新車生産への投資をいっさい行わず、既存の車を生産するにとどめます。孔枝泳は、「中国企業がサンヨン自動車を買い入れたのは、産業技術の入手が目的だったからではないか」と推測します。

もう一つの疑問は、サンヨン自動車の労働者は、本当に裕福だったのか、です。

調べてみると、サンヨン自動車の労働者の「高給」で大きな割合を占めていたのは、残業代や休日出勤といった手当でした。実際の基本給は低く抑えられていたため、手当が打ち切られたり、あるいは手当のつくシフトに入れなければ、そのぶん給料は大きく目減りする仕組みです。寮住まいの単身者は、会社を追われれば住む場所まで失うことになります。

それらのことは、大手メディアではほとんど報じられていませんでした。

特に保守系のメディアは、この労働争議をそもそも扱わないか、扱うにしても労働者に批判的なニュースとして報じました。「いまは誰もが痛みを分かち合うべきとき」「地元でいい暮らしをしていた自動車会社社員が欲をかいている」という論調です。そうした記事がひとたびネット上で公開されれば、ネットユーザーからは次々に「貴族労組」「アカ」といった言葉が書き込まれました。

「椅子取りゲーム」

会社側は、整理解雇者のリストをちらつかせるという手法で整理解雇に着手します。具体的な名簿は提示せず、もちろん整理解雇の対象を選ぶ基準も明らかにしない。その一方で、管理職が社員一人ひとりに電話をかけ、いま希望退職を選べば二か月分の給料が手当として支給されると伝えます。社員たちのあいだには、すでに自分の名前がリストに入っているのではないかという怯えが広がりました。

前述のとおり、地元ではサンヨン自動車は花形企業と言われ、そこに勤める人間は羨望の的でした。そこから、五人に二人の割合で脱落者が出る。狭い平澤では、サンヨン自動車の社員と同じマンションに住む人や、社員の子どもと同じ学校に子どもを通わせている人が少なくありません。街ではやがて、会社に残留する側が「生者」、やめなければならないとされた人が「死者」と呼ばれるようになり、誰が死者となるかの噂が広がります。

サンヨン自動車の社員が精神的に追い込まれていく様子を、孔枝泳はこう表現しています。

椅子取りゲームが思い出された。子どものときにした、この遊び。椅子を人の数より一つ少なく置いて、歌を歌いながらグルグル回って、歌が止まる瞬間に大急ぎで椅子に座る遊び。動きがのろい最後の二人がお尻をぶつけながら最後に残った椅子に座ろうとして、たいていは一人がお尻を椅子に乗せられず滑って、おしまいになる。本気でそう思うわけではないが、最後の瞬間になると鬼にならないためには友達を押しやってでも自分が座らないといけない、あの椅子。サンヨン自動車の管理職はこの巨大な労働者軍団に、その人数のたった半分の椅子を用意して、あたかもそんなゲームをやらせるかのようだった。基準はなく、納得できる理由もなく、楽しくもなく、椅子に座り損ねた者には死を招き寄せる、そんな狂ったゲームを。

(『椅子取りゲーム』、101頁)

苛酷な椅子取りゲームに乗っかるのではなく、みんなでともに生きようと叫ぶ労働者たちも登場します。会社のリストラ発表の翌月に、正規の社員二人と非正規職の一人の計三人が、高さ七〇メートルの工場の煙突に登り、整理解雇の撤回を求めて籠城を開始しました。他の労働者たちは、工場に立てこもっての全面ストに突入します。

会社側は、ヘリコプターを飛ばして話し合いを呼びかけるチラシを撒きながらも、たびたび「用役」と呼ばれる武装集団をさし向け、暴力的に労働者を排除しようとします。「用役」とは、「雇用関係で雇われた兵＝傭兵」に近い存在です。暴力で人を制圧することを目的に動員され、権力と市民が衝突する際に、権力側の武力装置としてよく登場します。この労働争議ではサンヨン自動車側がかれらを雇っていました。

用役の人員と会社側に立つ社員たちが、鉄パイプを手に、ストライキをしている労働者たちに襲いかかる。労働者がそれに応戦する場面だけがメディアでは報じられる。スト立てこもりが二か月になろうとする夏には、警察と会社側の要請によって断水と送電停止が行われ、食料の運び込みも禁じられます。ストに参加した労働者たちは、酷暑のなかで兵糧攻めに苦しむことになりました。

そして八月五日、警察が強硬突入します。孔枝泳は、二十二番目に自殺した三十六歳の青年のことを取材していて、その日の出来事に行き当たります。

晴れた夏の日、彼はあの屋根の上にいたという。明るく陽射しが降り注いでいたあの屋根。警察は、すでにアムネスティーが禁止したデーザー銃を撃ち続けていた。逃げる労働者を警察が取り囲み、楯を叩き下ろし、ひどく殴打したあの屋根の上……。けもののように追いかけられた彼の背中に空気銃のボルト弾が飛んできて、彼は感電

でもしたように、背中を反らせてそこで倒れた。（中略）
この鎮圧の全体を企画、指揮したチョ・ヒョノ前警察庁長は、ちょっと前にインタビューで、警察首脳部が危険だからと反対したコンテナでの鎮圧を、自分が李明博《イミョンバク》大統領から特別に許可を受けた、と誇らしげに語った。そうだ、あの屋根、働きたいと、追い出されると我々は死ぬと、絶叫する人々をテロ犯のように鎮圧したあの屋根に、サンヨン自動車の二十二番目の犠牲者である彼がいたのだ。

（同書、59〜60頁）

その日のニュース映像を見ると、炎天下、屋上を労働者たちが逃げ回る姿が捉えられています。集団暴行によって脊椎を負傷したり足を骨折した人、屋根から転落して腰の骨を折った人など、多くの負傷者が出ました。ストは鎮圧され、煙突に籠城していた労働者たちも拘束されました。

物語に受け継がれる負の記憶

サンヨン自動車の労働争議が起こった二〇〇九年は、力のある側が、力のない側を容赦なく叩きのめす出来事が次々に起こった年でした。そういう意味では、韓国の現代史に大きな傷跡を残した一年と言えます。

一つは「性接待」です。有名ドラマに出演したこともある若い俳優が自ら命を絶った後で、彼女が所属事務所から性接待を強要されていた事実が明らかになりました。彼女が作成したと見られるリストには、マスコミ、金融界関係者の名前が接待を強いた人物として実名で記されていました。警察は、彼女の残したリストをもとに性接待の相手を捜査しますが、大半は容疑なし、という結果に終わります。真相解明が十分になされない悔しさがガスのように充満していたことも、数年後の韓国フェミニズム勃興の背景にあっただろうと思います。

二つ目は「龍山《ヨンサン》事件」と呼ばれる、住民と公権力の衝突事件です。

二〇〇九年一月。ソウル市龍山区の再開発地域のビルで、立ち退きに反対する住民らと警察側が衝突し、火災が発生。立てこもっていた住民側五人と警察官一人の計六人が死亡しました。ここでも、警察側には用役が参加していたことがわかっています。

この年の出来事を背景に、複数の文学作品や映像作品が生まれています。サンヨン自動車の労働争議をモチーフにした作品として挙げられるのは、二〇二一年にネットフリックス第一位を記録したドラマ『イカゲーム』です。

一攫千金で人生の大逆転を狙い、生死を賭けたサバイバルゲームに参加する人々。定職につかず、離婚して妻子とも別れた主人公ギフンは、「ドラゴンモーターズ」という自動車会社を解雇されたという設定です。この「ドラゴンモーターズ」に、韓国の少なくない視聴者がサンヨン自動車を想起しました。「サンヨン」に漢字を当てれば「双龍」、龍の字が入っているからです。

監督のファン・ドンヒョクも、ドラマを制作する上でサンヨン自動車の一連の出来事が頭にあったとインタビューで明かしています。

飛び石ゲームで生き残ったギフンとサンウがこんな話をします。サンウは「俺は死ぬほど努力して自分の能力でここまで来たんだ」と言い、ギフンは「俺たちはあの多くの人たちの犠牲と献身でここまで来たんだ」と口にします。「この社会の勝者は敗者の屍《しかばね》の上に立ってるんだ。その敗者たちを忘れちゃいけない」と。そういう意味のゲームなので、この作品のテーマに最も当てはまると思います。＊2

韓国に限らず、実在の事件や事故の真相を既存の仕組みにのっとって解明することには、どうしても限界が生じるものでしょう。社会構造が権力を持つ側に有利にできている場合、実現される正義にもリミッターが働くからです。サンヨン自動車の労働争議をはじめとする二〇〇九年の負の記憶は、警察の捜査や裁判で一定の結果が出た後も、なんとも言えない後味の悪さを残しました。

その、ある種の無念さを「記憶」として受け継ぎ、出来事の本質をフィクションで突き詰めようという意志が、韓国の文化コンテンツには強く感じられます。


「傷多い花の葉がいちばんかぐわしい」


本作は、物語を語る手法を活かして、出来事の「本質」に迫った作品です。そして孔枝泳ほど、手首をつかんでぐいぐい引っ張るように、作品世界へいざなう力を持った作家もいないでしょう。

たとえば、冒頭に置かれているのは、サンヨン自動車とはまったく無関係の、ある殺人事件のエピソードです。

拉致されていた女性が、犯人がトイレに行っている隙に警察に電話をする。しかし警察官は質問を重ねるばかりで、ついには犯人に気づかれてしまい、彼女は殺害されます。問題は、彼女と警察の会話が終わった後も、電話が切れていなかったことでした。

被害者が絶命するまでの犯人とのやりとりはおよそ七分間。その七分間、音声が生放送のように流れていたにもかかわらず、警察官は出動しなかった。傍観も暴力への加担であることを象徴する出来事です。

読み手はこの導入部で、殺された女性と同じようなSOSが、サンヨン自動車の労働者たちからも発せられていたのではないかと考える。その想像に答えるように、孔枝泳は労働争議後に自死を選んだ労働者たちが、どのような苦境を味わっていたかを語ります。また、本作には企業の経営状況や労働組合の交渉過程などをまとめた資料やデータが多く登場します。だからこそ、物事の道筋をわかりやすく説明する彼女の語りの力は、出来事の理解を大いに助けてくれます。

サンヨン自動車が整理解雇を断行するまでの背景と、それを容認した社会の問題。労働争議によって労働者たちが奪われたもの。それらを丁寧に明かした最後に、孔枝泳が挿入するのは、詩人チョン・ホスンの「草の葉にも傷がある」という詩です。「傷多い　花の葉が／いちばん　かぐわしい」（同書、175頁）というその詩を、孔枝泳は何の説明もなしに挿入してから、一連のルポをまとめています。

自分の準拠集団の価値観に忠実だった存在が、その集団の理屈によって一方的にその場を追われたら。おそらく、身ぐるみ剝がされ、満身創痍で放り出されるような感覚になったでしょう。その状態を傷と受け止めるだけではなく、「傷多い花の葉がいちばんかぐわしい」としめくくる。まさに、作家ならではのルポルタージュと言えるのではないでしょうか。

＊1　出典：韓国外交部　https://overseas.mofa.go.kr/ng-ko/brd/m_21269/view.do?seq=687315

＊2　出典：ハンギョレ日本語版、「ネトフリ一位「イカゲーム」監督「敗者たちを忘れちゃいけない」」二〇二一年九月二十九日　https://www.hani.co.kr/arti/culture/culture_general/1013046.html

第六章

植民地支配下、声を上げる女たちの系譜

——パク・ソリョン『滞空女　屋根の上のモダンガール』

パク・ソリョン著　萩原恵美訳
『滞空女　屋根の上のモダンガール』
三一書房　二〇二〇年

前章で、サンヨン自動車の労働者が、高さ七〇メートルの煙突の上に登って抗議をしたエピソードについて触れました。

これは「高空籠城」という、韓国の労働運動で長い歴史を持つ戦術です。一九三〇年代、朝鮮半島が日本の植民地支配下にあった時期に、一人の女性が行ったのが最初とされています。

朝鮮初の高空籠城を繰り広げた女性労働者。その女性の物語が、約九十年後の二〇一八年に韓国で大きな話題を集めました。実在の人物をモデルにした小説、パク・ソリョン著『滞空女《たいくうじょ》　屋根の上のモダンガール』です。

「声を上げる」主人公の背景は

#MeToo 運動*1の広がりを背景に、ここ数年、「声を上げる」という言葉をよく見聞きするようになりました。

これまで「そういうものだ」「仕方がない」「みんな我慢しているんだから」とのみ込んできた、理不尽な出来事。しかし、のみ込んでばかりでは、被害そのものもなかったことにされてしまう。だから声を上げる。そうした行動のおかげで、一歩ずつ社会が前進している気配があります。と同時に、激しく反発し、声を上げた人を攻撃するかのような言説も頻繁に目にするようになりました。時には、声を上げる人を「弱者を利用して自己実現をしている」とする非難まで聞こえてきます。

果たして、人が声を上げるに至った背景にあるものは、何なのでしょうか。生来正義感が強いから？　闘争心にあふれているから？

ここ十年ほどの韓国現代文学でいうと、「声を上げる」主人公がそうしたキャラクターである場合は、あまり多くありません。むしろ、正しい主張を抱きながらも、「自分さえ我慢すれば」と思いを抑え込むケースが目立つように思います。

冷静に考えれば、それもそうかもしれません。アクションを起こせば、大なり小なりそれまでの自分の日常は損なわれます。また、変化が定着するまでの長い時間「声を上げ続け」なければ意味がありません。それだけの時間、自分の生活を犠牲にするというのは、かなりの覚悟を要することでしょう。即座に声を上げなければ不利益を被るというシチュエーションでない限り、声を上げることに躊躇するのは自然のなりゆきとも言えます。

『滞空女　屋根の上のモダンガール』の主人公も、まさにそうした一人です。おっとりしていて受け身。愛する人が元気で楽しく過ごしていてくれれば、それでいいと思う女性。「長いものに巻かれる」ことに馴れ、「事を荒立てる」ことを好まないその主人公が、最後の最後で社会の理不尽に体ごとぶつかり、大きなNOを突きつける。労働がモチーフの作品ですが、労働の闘争記録であるのみならず、女性としての、人生の闘争記録にもなっています。

ただ愛する人だけ見つめていたかった主人公

主人公は姜周龍《カン・ジュリョン》という一九〇一年生まれの女性です。

周龍が生まれた頃、朝鮮半島では、日本による植民地化が推し進められていました。一九一〇年には日本が韓国を併合。それに対して一九一九年、日本からの独立を求める三・一独立運動が起きます。周龍は、そうした独立運動の風が吹き荒れるなか、数え二十歳で五歳年下の男性のもとへ嫁ぎます。

この結婚は、もちろん恋愛結婚ではありません。朝鮮王朝末期から、朝鮮半島では男の子が十二、三歳くらいになると、親の決めた年上の女性と結婚させるという「早婚」制度が流行していました。周龍もその早婚制度にのっとって、親が決めた十代の相手と結婚したわけです。

しかし、物語冒頭の周龍は、ともに暮らす相手を誰かに決められるという風習に、さして反発を抱いていません。その時代の多くの女性と同様「そういうものだ」とのみ込む。

のみ込んだ上でおおらかです。婚礼の日に初めて顔を合わせた夫が自分よりはるかに子どもっぽいことを面白がる。夫の全斌《ジョンビン》は良家の子息として十分な教育を与えられ、漢字が読めます。他方、周龍は「女の子だから」と満足に学ばせてもらえなかったため、漢字の書き方も知りません。その点についても周龍は自然なこと、つまり、男の全斌に教育が与えられるのは当たり前、と受け止めています。疑問に思うどころか、字が読めるなんてすごい、と素直に尊敬の念を抱きます。

たとえば、「ジュリョン」という名前は漢字で「周龍」と書くと知って、全斌が「ああ、長い身を廻《めぐ》らせて世界を抱きとめよという意味なんだね」と命名の意図を解釈してみせる場面。夫の言葉に、周龍は初めて自分の名前、さらには自分の存在を解き明かされた気持ちになる。新しい世界を見せてくれる年若い夫に敬愛の情を抱きます。

したがって、独立運動に加わりたいという全斌の野望を止めることもしません。むしろもろ手を挙げて賛成し、夫と一緒に、自分も抗日活動に加わります。日本への怒りや愛国心からというよりは、夫を愛するがゆえ。少し乱暴な言い方かもしれませんが、当時の周龍は、「非政治的な人物」として描かれているのです。夫に国を失うことの意味、つまり民族の独自性を奪われることの暴力性を説明されて、自分の名前がタケシだったらどう思うかと問われても、彼女は次のように考えます。

優しいながらも憂いを込めて言う全斌を見ながら、周龍は内心、名前なんかどうでもいいと思った。日本のタケシならどうで清国《しんこく》の王某ならどうだっての。あたしには何の意味もない。あなたがあなただってことだけが大事なんだと言いたかった。そんな思いは全斌には言えなかった。全斌を悲しませるようなことは周龍も考えたくなかった。

(『滞空女　屋根の上のモダンガール』、36頁)

大切な人が大切にしていることだから、大切。

もちろん、日本軍が民間人を虐殺したり、放火したりという事件に憤りは覚えますが、それ以上に彼女が考えるのは、「もし自分の夫がそんな目に遭ったら」ということです。結果、周龍は全斌と二人、嫁ぎ先をこっそり抜け出して独立軍に加わります。ところが、正義の集団だとばかり思って飛び込んだ独立軍の内実は、夫婦の予想に反するものでした。所属する組織、そこで必要とされるスキルによって、強者と弱者、使える人間と使えない人間、というのは入れ替わることがあります。臨機応変でどこか余裕があり、風になびく柳の枝のように柔軟な周龍は、独立軍でなかなかの活躍を見せる。一方、正義感が強く理想は高いものの、お坊ちゃん育ちで幼さが抜けず、おまけに年上の妻同伴で参加した全斌は、ホモソーシャルな独立軍の男たちのからかいの的にされてしまいます。

全斌にとっては、自分が「(女よりすぐれた) 男」であり「(妻より有能な) 夫」であることがアイデンティティの核だったのかもしれません。それが、「女より使えない男」「妻に劣る夫」のように扱われて、挫折感に打ちのめされてしまいます。

周龍と全斌の結婚が、独立軍に加入したことでどんなかたちになるか。その部分はぜひ、直接確認してみてください。周龍は必死に、持てる力を尽くして自分のできることをします。その結果がもたらすものや、そのときに周龍が抱える孤独は、九十年ほど前の時代が舞台であるとは思えないほど、リアルに感じられます。

運命に逆らわない主人公を変えたもの

物語前半の周龍は、闘争心を抱かず、正しいか否かに拘泥《こうでい》しません。そんな彼女に降りかかってくる災厄は、大体において「女性」という性別役割に端を発しています。

嫁ぎ先では、次男坊の「嫁」という、その家で最も低いポジションに置かれて、料理、繕い物、掃除、焚き付け拾い、名もなき家事と、あらゆる仕事をこなさざるを得ない。夫と志を一つにして飛び込んだはずの独立運動では、呼び名こそ「同志」に変わっても、主たる任務はこれまた料理です。さらに、独立軍から退いて一人実家に戻った周龍を、実の父親は平気で「傷物の女子《おなご》」と言い、自分とさして変わらない年齢の大家に嫁がせようとします。娘の将来を思ってではなく、「結婚させてくれたら田畑をやる」という大家の誘いに乗ってのことです。最大の理解者だと思っていた母親までもが、その縁談を「いいお話」と勧めてくる。そもそもこの母親自身、自分の人生が誰かのために費やされることに、疑問を抱いていません。

多少の理不尽には目をつむって生きるつもりだった周龍も、さすがに気づき始めます。世の中には、目をつむってはいられない理不尽さがある。ついに周龍は、家を出て一人で生きる覚悟を固めます。

周龍は発つつもりだ。大家に渡された証文の代わりに自分の書いた手紙を残し、朝の仕事に出かけるふりをして家を出て、田んぼでも大家の家でもない遠いところに向かうつもりだ。大家に渡された証文は細かく千切り、道すがら撒き散らすつもりだ。誰も自分を知らぬ場所に行って澄ました顔で生きるつもりだ。誰にも、何ごとにも心を奪われぬつもりだ。

（同書、122頁）

植民地支配下の「標準的な」女性とは

先ほど、周龍の母親は「自分の人生が誰かのために費やされることに、疑問を抱いていない」と書きました。これは、周龍の母親一人がそういう価値観だった、という意味ではありません。

植民地支配を進めていた日本が、当時女子教育の目標として掲げていたのは、いわゆる「良妻賢母教育」です。公立学校を増設し、官公立の女学校で良き妻、善き母になるための教育を押し進める*2。日本への留学を果たして学問を修める女性たちも存在はしましたが、ごく一部でした。そうした機会に恵まれない多くの女性たちにとっては、「生きること＝時代の価値観に従って、黙々とケア労働をすること」だったのです。

さらに、教育の機会を得られた女性たちの生涯も、決して順風満帆ではありませんでした。日本に留学し、平塚らいてうを中心とした「新しい女」の思想に大いに影響を受けて朝鮮半島に戻った女性たちは「新女性《シンニョソン》」と呼ばれましたが、いざ社会進出しようとすれば、教師になるぐらいしか選択肢はない。画家、作家、詩人として名を上げた女性たちも、恋愛や結婚というライフイベントはスキャンダルとして消費される一方、仕事ぶりを正当に評価されたとはまったく言いがたい状況です。

周龍が、もう誰にも、何事にも心を奪われないと誓ったのは、それ以上傷つかないようにするためだったのかもしれません。心をそそぐ対象を見つけてしまえば、うまくいかなかったときにつらい思いをするだろう。だから、これからは見知らぬ場所で、何に期待することもなく、さらさらと水のように生きたい。そんな境地だったのではないでしょうか。

その周龍が、物語の後半では、やむにやまれぬ思いに背中を押されて、労働運動へと飛び込んでいきます。

小説執筆のきっかけは、もう一人の「滞空女」

著者のパク・ソリョンは一九八九年生まれ。高校時代に小説の執筆を開始し、二〇一五年にデビューを果たしました。

しかし、すぐに原稿依頼がくるという状況にはならず、彼女はカフェのアルバイトや非正規の事務職の仕事のかたわら小説を書き続けます。そして、初の長編に挑戦しようと思ったタイミングで、あるニュースを目にしました。二〇一一年、韓進《ハンジン》重工業を解雇されたキム・ジンスクさんが、会社の進めるリストラの撤回を求めて高さ三五メートルの巨大クレーンに籠城した出来事です。

一月六日から十一月十日まで三百九日間続いた闘争は、当初それほど話題になりませんでした。しかし百日を過ぎたあたりから、SNSで知った市民がクレーンの下まで出かけて彼女を応援するようになります。「希望のバス」という名称の支援バスが運行されるようになり、既存の労働組合に所属していない人々も、多く参加しました。『滞空女』の作者、パク・ソリョンが目にしたのは、まさにその、キム・ジンスクさんの高空籠城のニュースでした。そこから、朝鮮初の高空籠城を行ったのが姜周龍という女性だったという事実を知ります。

この、二〇一一年の高空籠城のニュースに接して、もう一人、姜周龍の存在を想起した作家がいます。韓国を代表するフェミニスト、イ・ミンギョンです。イ・ミンギョンは、女性と男性の間の賃金格差や労働現場での構造的な女性差別を明らかにした著作『失われた賃金を求めて』で、姜周龍についてこう記しています。

（前略）高空籠城ということばはかなり以前から、「最初」や「女性」といった単語と縁が深かった。私たちの歴史で最初に高空籠城をしたのも、やはり女性だった。1930年代、平壌《ピョンヤン》のゴム工場で、それでなくても少ない朝鮮人の賃金が削減されるという危機にみまわれた。そのとき、姜周龍《カン・ジュリョン》という女性が死もかえりみず、たったひとりで高さ約12メートルもの乙密台《ウルミルテ》（訳注：高句麗時代に平壌城の指揮所としてつくられた楼閣）の屋根に上り、闘争をくり広げた。当時朝鮮人女性は朝鮮人男性の半分の賃金であり、朝鮮人男性は日本人男性の半分の賃金だった。私たちのあつかわれ方やそれへの闘争は、そんな古い過去にも探ることができる。

もし、女性にはしかるべき額を払わないという古臭い慣習が最初からなかったら、今ごろ給与をもらう側と同じくらい、給与を支払う側の行動も変わっていたはずだ。

（イ・ミンギョン著、小山内園子・すんみ訳、『失われた賃金を求めて』、タバブックス、二〇二一年、88～89頁）

日本の植民地支配下で、朝鮮半島の女性たちは、植民地支配×女性差別という二重の苦渋を味わわざるを得なかった。そのことに声を上げた姜周龍という女性を、イ・ミンギョンは「死もかえりみず、たったひとりで」「闘争をくり広げた」人物と説明しています。他方、『滞空女』の著者パク・ソリョンは、姜周龍の「闘争をくり広げた女性」ではない部分に魅了されました。

どうしても、周龍に目が行ったんですね。「年若い男性と結婚したんだけど、彼に愛されたというよりは自分が彼を愛してしまった、最初に会ったときから、とてもかわいい人だった」、そんなことを話している資料があったんです。周龍が自身の十年をじっくりと振り返る内容で。一、二年しか一緒に暮らしていない夫の話が、そのインタビューの半分近くを占めていました。それを見たとき、この人の一生にとって、愛はどれほど重要だったんだろうと想像をめぐらしました。（中略）そのキャラクターが本当に興味深かったんです。とりあえず私が、この人に一目ぼれしたのだと思います。

（韓国のオンライン書店yes24のウェブサイト「CHANNELyes」インタビューより）

事実、姜周龍は高空籠城後に記者の取材に応じています。記者が労働運動の闘士としてあれこれと質問するにもかかわらず、周龍の口をついて出るのは夫の話か、夫と一緒に身を投じた独立運動の話。大義より先に、自分が一人の人間としていとおしいと思っていた人の話が、自然にこぼれ出てしまう。おそらくはそんなところに、パク・ソリョンは魅せられたのでしょう。

闘わなければならなくなる、やむにやまれぬ理由

物語の前半で、理不尽なものから距離を取るという選択を続けていた姜周龍が、労働運動に飛び込んで「声を上げる」ことを選ぶ。それは自分のためではなく、自分以外の「別

の誰かのため」でした。

家を出て一人になった周龍は、ゴムを履物に仕立てるゴム工場に勤めます。これ以上夫や家族に縛られない。家や土地にも関心はない。一人で気楽にお芝居を観たり、「カフエー」でコーヒーを飲んだり、当時憧れの的だったモダンガールの生活をしたいと考えます。

ただし、現実的には叶わぬ夢です。『失われた賃金を求めて』にあったとおり、「朝鮮人女性は朝鮮人男性の半分の賃金であり、朝鮮人男性は日本人男性の半分の賃金」でしたから、周龍の給金ではとてもそんな生活はできません。周りの同僚女性たちも、仕事が終わると今度は家でケアワークをするというダブルワーク状態で、みんなへとへとです。それに追い打ちをかけるように、工場ではパワハラ、セクハラ、暴力行為が横行しています。

モダンガールを夢見ていた周龍が労働組合に加入して闘争に身を投じるのは、労働運動に希望を見出していた友人への会社側の仕打ちに、まさに堪忍袋の緒が切れたからでした。

今日あたしが加入し、隣の席で働くあたしの同志、あたしの友達が脱退することになりました。どうしてかおわかりですか、皆さん。うちの社長が友達の家に手下を送ってストライキ団に加わったら離縁されるよう仕向けたんだそうです。

あたしもそうだ。

うちもそうされました。

そこここから声が上がる。周龍はサミが泣きじゃくっているのを見る。

思うに、あいつらがあたしたちのことを人間と思ってないのは確かです。あたしたちが人間だってことを、それもあいつらより強い力を持った人間だってことを、あたしたちの手で示すには、姜徳三《カン・ドクサム》先輩の仰ったようにあたしたちの団結の意志をゼネストで見せつけてやるべきです。あたしはせいぜい七日か八日しか組合員教育を受けてないひよっこですが、あえて力を込めてもう一度言いたいと思います。この姜周龍がゼネストの先鋒に立ちます。

あたしの同志、あたしの友達、あたし自身のために死ぬ気で闘います。

（『滞空女　屋根の上のモダンガール』、182〜183頁）


かつて参加していた独立運動でも、「同志」という呼び名は使われていました。でも実際に周龍に与えられたのは、性別役割的な任務です。周龍はおそらくその時、一度「同志」という言葉に失望したのだろうと思います。

しかし、労働の場で出会った女性たちは、周龍にとって真の「同志」でした。自由に何かを選ばせてもらえない境遇に育ち、かろうじて作り上げた個人的なつながりまで、いとも簡単に奪われる。そうした、力を奪われた存在のために死ぬ気で戦うことに、周龍は意味を見出していきます。

韓国の人物事典で「姜周龍」を調べると、日本の植民地支配下にあって、ゴム工場の女工としてストを行った抗日運動家、労働運動家と、実にシンプルな説明が載っています＊3。しかし小説には、誰かを全力で愛し、社会に裏切られ、追い詰められ、ついに声を上げた一人の女性の真摯な人生が、まるごと描かれています。

連帯せざるを得ない背景と、連帯が必要な理由。舞台が百年近く前の小説にそれを痛感させられるということは、それだけ、現代においても状況がほとんど変化していないことの証左ではないでしょうか。

＊1　二〇一七年十月、ニューヨーク・タイムズ紙がハリウッドの大物プロデューサーの長年にわたる性暴力・セクハラを報道したのをきっかけに、同様の被害を受けてきた女性たちが#MeTooというハッシュタグで次々とネット上に被害経験を告発し、声を上げ始めたこと。

＊2　参考文献：日韓「女性」共同歴史教材編纂委員会編、『ジェンダーの視点からみる日韓近現代史』、梨の木舎、二〇〇五年

＊3　韓国学中央研究院編纂、『韓国民族文化大百科事典』デジタル版

第七章

民主化運動、忘却に静かに抗う

――キム・スム『Lの運動靴』

キム・スム著　中野宣子訳
『Lの運動靴』
アストラハウス　二〇二二年

ここ数年、韓国の民主化運動を描いた映画が日本で立て続けに公開され、大きな話題を呼びました。たとえば、『タクシー運転手　約束は海を越えて』（製作二〇一七年、日本公開二〇一八年）の題材は、一九八〇年五月に起きた光州《クァンジュ》民主化運動、いわゆる光州事件です。また、『1987、ある闘いの真実』（製作二〇一七年、日本公開二〇一八年）では、光州事件の七年後の一九八七年に起きた民主化運動「六月抗争」を描いています。どちらの映画も、弾圧のなか、民主化を勝ち取るために命がけで闘った人々の姿が強く印象に残る作品です。

そうした映像作品に接したことがあれば、この章で取り上げる作品の背後にどんな歴史が横たわっているか、イメージしやすいでしょう。逆に言えば、小説は映画ほど饒舌ではありません。

なぜ、個人をイニシャルで呼び続けるのか。なぜ、「運動」そのものではなく「運動靴」という、出来事の後の遺品を中心に据えるのか。

先に答えを言ってしまうと、それは、この作品に切り取られているものが民主化運動という出来事ではなく、出来事が終わった後に流れる時間だからです。出来事が衝撃的であるほど、その後に訪れる時間は、凪のごとく静かに感じられる。その静けさのなかで、何かが確かに朽ち、失われていく。よく目を凝らし、耳をすまさなければわからないそのことを、普遍的に描いた作品です。

「遺品」に逡巡する修復家

美術品の修復を生業とする修復家のもとに、ある依頼が舞い込みます。いまは亡き大学生Lが遺した運動靴を修復してほしいというのです。Lは、のちに「六月抗争」と呼ばれる民主化運動の集会があった一九八七年六月九日、警察が発砲した催涙弾を頭に受けて亡くなった男子学生でした。彼がその日履いていた運動靴の片方が、Lの記念館に保管されていたのです。

この記念館の展示環境は万全とは言えず、Lの運動靴は二十八年の歳月を経て、かなり傷みが目立っています。記念館の館長は、これ以上劣化が進む前にと修復の依頼をしますが、依頼を受けた修復家のほうは、いくつかの理由から、作業に取りかかることに逡巡します。

一つは、この運動靴の「物体」としての難易度の高さです。

絵画や彫刻とは違って、靴は作品というよりも、使用が前提とされる日用品です。絵の具や石膏ではなくウレタンや合成皮革製のため、修復家が精通する美術品の修復とは勝手が違う。特にLの運動靴は、靴底は擦り減り、合成皮革はひびわれ、紐を抜いたら最後、どこから崩れてしまうかわからない状態です。そういう事物の修復は、主として美術作品を手がけてきた彼にとって、ハードルの高い作業です。

さらに修復家は、「遺品」に手を入れるという作業そのものにも、ためらいを感じます。あの日、Lが履いていた、そしてLが催涙弾を頭に受け、瀕死の重傷となった時、彼の足からたまたま脱げ落ちた運動靴。それは作者の思いが込められた芸術作品ではありません。悲劇の渦中ではからずも歴史の証人のような存在になりはしたけれど、実際のLは作者とはむしろ正反対の、思いを込めることを許されなかった人物です。

もしそれが「作品」だったなら、修復家は通常どおり、作者の意図を最大限くみ取りつつも、それを踏み越えないことを自らに課して作業に着手したはずです。真意をくみ取り損ねれば、メッセージは誤って次代に伝わりかねません。そうであるからこそ、メッセージが不在の運動靴に手をかけていいものか、かけるとすればどこまでか、決めきれない。Lの運動靴が傷み、やがて滅びてしまうというその歳月の重みにも、意味があるのではないかと逡巡するのです。

L＝李韓烈、一九八七年の民主化抗争とは

作中で、運動靴の持ち主は「L」と呼ばれます。もっとも本名の記載はあり、「催涙弾

を頭に受けて死亡した大学生」とも記されているので、この物語がどの時代のどの事件をモデルにしているかは一目瞭然です。

駆け足で説明すると、この「Ｌ」という人物は、一九八七年の「六月抗争」で亡くなった実在の人物、李韓烈《イ・ハンニョル》に当たります。「イ」という姓は多くの場合Ｌｅｅ＝リーと表記されるので、「Ｌ」は李韓烈のイニシャルです。

全斗煥の軍事政権に対する民主化運動がひときわ熱を帯びた一九八七年。李韓烈は延世《ヨンセ》大学経営学部の二年生でした。その年の一月、ソウル大学の学生が当局の取り調べ中に亡くなる事件が起きます。当初、死因は「心臓麻痺」と発表されましたが、やがて拷問死だったことが明らかになり、民主化を求める声はいっそう高まっていきます。

大学生の李韓烈は、光州事件が起きた光州の出身でした。しかし、彼自身は七年前のその出来事を実体験として記憶していません。幼い息子に残酷な場面は見せられないと、彼の母親が、彼を家に閉じ込めていたのです。大学生になって初めて、李韓烈は光州事件の真相を知ります。さらに、ソウル大学生の死を再び当局が隠蔽しようとしていたことを知る。

一九八七年六月九日。延世大学で開かれたデモの先頭に、李韓烈は立っていました。対峙するのは戦闘警察と呼ばれる、デモ隊の鎮圧に当たる警察の武装部隊です。鎮圧には、ガスを吸い込むと咳やくしゃみが出たり、涙が止まらなくなったり、吐き気を催したりする催涙弾が使用されました。それ自体の殺傷能力は高くないものの、その日、爆発の際に飛び散った鉄の破片の一つが、李韓烈の延髄に突き刺さりました。

崩れ落ちそうになる李韓烈と、彼を抱きかかえる学生の姿が外国人プレスによって写真に収められ、ニューヨーク・タイムズの一面にも掲載されます。韓国の首都で起きた弾圧を、世界が目撃した瞬間でした。

李韓烈の死は、民主化運動が本格的に燃え広がるきっかけとなりました。軍事独裁政権によって二人目の若い命が奪われたことで、もうこのままではいけないと、一般の市民にも変革への欲求が広がっていきます。

出来事の後に訪れる〈孤独な静謐〉

ソウル大学の学生の拷問死から李韓烈の死に至るまでを克明に再現したのが、冒頭で紹介した映画『１９８７、ある闘いの真実』です。その映画にも、靴にまつわるシーンは複数回登場しています。

李韓烈が催涙弾の直撃を受けるシーンでは、脱げかけた運動靴を彼が履き直そうとする。うまく履けずに、結局運動靴は置き去りにされます。また、取り調べ中の親族を心配して集まった人々が、当局によって連れ去られるシーン。後に残った何足もの靴は事物として風景に溶け込み、もはや動くことはありません。非常に静謐ながら、脱げた靴にまた足を入れる時間や自由が与えられないことの暴力性を、まざまざと見せつけられる映像です。他方、靴を失った人に、誰かが新しい靴を差し出す場面もあります。つまり、靴は歩き出すこと、前へ進むこと、すなわち「自由」のメタファーになっています。

置き去りにされた靴の、残酷なまでに静謐なシーンを目にした時、私の頭をよぎった場面がありました。それはソーシャルワーカーの仕事で経験する、悲しみの当事者との二人きりの時間です。

出来事が悲惨であるほど、直後は多くの関係者が当事者の周りに集まってきます。医療の「急性期」に似て、支援は質・量ともに集中投下される。しかし多くの場合、一定の時間が経過して少しずつ状況が落ち着き始めると、「道筋が見えた」と判断した支援者が一人、また一人と、その場を去っていきます。「今後の道筋が立った」と判断するのは集まった側のほうで、出来事に見舞われた当事者本人ではありません。「もう大丈夫です、一人で進みます」と本人の口から聞いたわけでもないのに、去っていく。気がつけば当事者本人だけがぽつんと残されているという場面に、少なからず立ち合ってきました。

置き去りにされ、主を失った靴は、希望を見出せないまま一人にされる孤独と重なります。

あり得た人生に想像をめぐらせる

出来事の後にも時間は流れ続け、人の記憶は薄れたり、変質したり、別な意味づけをされたりします。一方、物質はどうでしょうか。修復家は、主を失ってから二十八年間、ゆっくりと劣化を続けてきたこの運動靴が象徴することを、じっくりと考えます。

Lが生きていたら、今年で五〇歳だ。
生きていたなら彼も、彼の多くの同級生たちと同じような人生を送っていただろうか。軍隊に行き、卒業後、専攻を生かして金融関係の会社に就職し、愛する女性と出会って結婚し、二人くらい子どもを持ち……。
五〇歳の彼が地下鉄に乗って通勤する姿を想像してみる。前日の食事会の様子をフェイスブックに投稿し、出てきた腹の肉を減らすために週末になると北漢山《ブッカンサン》や冠岳山《カナクサン》に登り、会社が引けた後、一杯やりながら政治的意見を述べて憤慨する彼の姿を想像するのは簡単ではない。

(『Lの運動靴』、85〜86頁)

Lの運動靴が、李韓烈という一人の青年の苦難の証しだとすれば、それによって失われた人生まで想像して、修復するか否かを決めたい。まだLの運動靴が運び込まれていない作業室で、修復家が想像をめぐらせる時間もまた、静謐そのものです。考えることをやめてしまえば、民主化運動や、そのさなかに命を落とした一人の青年のことなど、本当に過去の出来事と忘れそうになるほどです。

その静謐さのなかで、運動靴の意味を探っていく。それは、二十八年という時間を巻き戻すと同時に、持ち主を失った運動靴だけがくぐり抜けた二十八年の痛みをとどめるという、一見矛盾する修復作業への覚悟を決める時間です。

作家キム・スムが描く「戻れなくなった人々」

作者のキム・スムは一九七四年、韓国の地方都市、蔚山《ウルサン》に生まれました。大学では社会福祉を学び、卒業後は障害を持つ人々の施設でケアワークに従事していたという経歴の持ち主です。

一九九七年、九八年と二年連続で公募展に入選を果たし、作家デビュー。その後、貧困、病、家族間の軋轢《あつれき》などを題材にした作品を発表し、二〇一五年には、韓国の芥川賞とも称される「李箱《イ・サン》文学賞」を受賞します。そしてこのあたりから、彼女の小説の題材は大きく変化します。史実、それも、韓国の現代史における痛ましさを伴う出来事に材を取るのです。『Lの運動靴』では八七年の民主化運動が、二〇一六年発表の『ひとり』（岡裕美訳、三一書房、二〇一八年）では、最後の一人になってしまった旧日本軍慰安婦が、二〇二〇年の『さすらう地』（岡裕美訳、新泉社、二〇二二年）では、スターリン政権下で強制移住を強いられた人々の運命が切り取られます。

時代の大きなうねりが背景にあるとはいえ、それらの作品に、社会や歴史を総体として描き出すようなダイナミックさはありません。むしろ、出来事に巻き込まれざるを得なかった人々のかすかな息づかいが、丁寧にすくい上げられている印象があります。なかでも作家が細心さをもって描くのは、「戻れなくなった」人々の心模様です。

本来いるべき場所が損なわれる。いるべき場所に戻らせてもらえない。ようやく戻っても、もはや自分のいるべき場所ではなくなっている。心だけがひたすらさまよう。そういう場面を描くときのキム・スムの文体は、当事者の声をひたすら傾聴するような佇まいがあります。

たとえば、Lの記念館の館長は、負傷したLを病院に運んだ学生たちのその後を、次のように語ります。

「Lを抱えていたうちの一人は、数年前に癌で亡くなりました。またもう一人は、自分がその六人のうちの一人だと外に知られることを極度に嫌がっています。五月末になるとわけもなくあちこち具合が悪くなるそうです。どこが悪いのか説明できないけれど、日常生活に支障を来すほどつらいそうです。本人はつらくて堪らないのに、家族や職場の同僚からは仮病を使っていると思われるほど元気そうに見えるみたいで、とても苦しいって」

「……」

「もう一人、片目を失った人がいます。ほかの集会で目に怪我をしたのです」

彼女は、Lを抱えていた人たちのうち三人についてだけ話を聞かせてくれる。私はほかの三人はどうしているのか気になったが、何だか聞いてはいけないような気がする。

（同書、109頁）

あの日、あの時。運動靴の持ち主、李韓烈以外にも多くの人間が、大なり小なり、さすらう部分を自分の中に抱えることになりました。小説には、もしかしたら自分が撃った催涙弾がLに当たったのかもしれないと、罪悪感に苦しみながら生きる人の存在も記されています。修復家はそれらの声を受けて、Lの運動靴を修復することを決意します。

韓国文学、嗅覚が伝えるもの

Ｌ以外の登場人物たちは、人生にさまざまな悩みを抱えながら生きています。夫婦の問題、子どもの障害、自らの心や体の病……。Ｌより二十八年長く生きたぶんだけ、人生への疲弊がうかがえます。

他方、修復作業が始まったＬの運動靴は、不思議な生命力を見せるようになります。においを発し始めるのです。運動靴が作業台の上にのせられてから、獣の死体が腐るような、「奇妙で落ち着かない匂い」が建物全体を覆いつくすかのように広がります。

韓国の小説を読んでいてハッとさせられるのは、においに関する描写が多用されるところです。たとえば、カン・ファギルの作品では湖の生臭さの描写が土地の因習と絡み合っていますし、ク・ビョンモ（第十二章参照）の中編小説『四隣人の食卓』（小山内園子訳、書肆侃侃房、二〇一九年）では、同調圧力のメタファーとしてにおいが使われています。この小説は、子どもを三人もうける条件で格安の公営住宅に入居した四家族の群像劇です。その新築の公営住宅が、なぜか「鼻につく畜舎の悪臭」に取り巻かれている。主人公は、そのにおいが自分の体にしみついてしまうのではないかという恐怖に襲われます。

それまで事物でしかなかったのに、突然、生き物のように濃厚なにおいを発し始める運動靴。主のLは生を断たれ、もはや語る言葉を持ちません。その死は歴史によって意味づけされ、過去に閉じ込められてしまった。しかし、運動靴を構成する物質は、Lの代わりにその後の時間をくぐり抜けた、いわば歴史の証拠品です。腐臭であれ饐《す》えたにおいであれ、ともかく、さすらう存在が経てきた時間を人の嗅覚に伝えることができる。歴史の片鱗は、目を凝らせば私たちのそばにあるのではないか。そう思わされます。

そして済州島四・三事件
――「歴史は記憶の闘争」

最後も映画を切り口にして、この作品のメッセージを確認しておきましょう。

『Lの運動靴』では、六月抗争以外の歴史的な事件が、やはり詳細な説明がないまま挿入されています。修復家のもとにLの運動靴の修復依頼が舞い込んだのは二〇一五年という設定ですが、その前年に起こったセウォル号沈没事件の真相究明を求めるデモが、何気ない車窓の風景として描かれます。また、済州島《チェジュ》四・三事件の生存者が、生々しい証言を伝える場面も登場します。

四・三事件とは、一九四八年、済州島における民衆の武装蜂起をきっかけに、およそ六年間、警察や右翼などが鎮圧を行い、三万人近い島民が犠牲となった一連の住民弾圧事件です＊1。どういう人々をどのように「鎮圧」したのか、その詳細は長いあいだ明かされてきませんでした。

二〇〇〇年に「済州四・三事件真相糾明及び犠牲者の名誉回復に関する特別法」という法律が制定されたことで、ようやく全容の解明と犠牲者の名誉回復が進みます。この調査によって、犠牲者が約二万五千人から三万人に及ぶこと、軍や右翼は、武器を持たない女性や子ども、共産主義とは無関係の一般住民まで殺害していたことが判明しました。

作品では、Lの記念館の館長が事件の生き残りの女性にたまたま出会い、「生々しい証言を聴いてみたかった」と、事件の様子を聞かせてくれるよう頼みます。初めは口が重かった女性は、少しずつ語り始めます。


「（前略）……運動場のような所に村の人たちを一人残さず集めて、二等分するように線を一本引いたかと思うと、その線を中心に、行きたいほうに行けと言ったそうです。線のこっち側か、あっち側のどちらか選べということです。村人たちは訳が分からないまま、言われるとおりある人たちは線のこっち側に、別の人たちは線のあっち側に行ったそうです。その結果、線のこっち側に行った人たちは命が助かり、あっち側に行った人たちは殺されたそうです。その線は、言わば生と死を分ける線だったのです。おばあさんの叔母に当たる人は、最初は線のこっち側にいたのですが、親戚の姉さんから手招きされてあっち側に移ったそうです。成り行きは理解できなかったけれど、親戚の姉さんが来いというので行ったのです。親戚の姉さんの手が一緒にあの世に行こうと誘う手だとは思わずに、移ったそうです」

（同書、210〜211頁）

この部分を読んだとき、ヤン・ヨンヒ監督のドキュメンタリー映画『スープとイデオロギー』（日本、韓国で二〇二二年公開）を思い出しました。済州島四・三事件の体験者である母親の姿にカメラを向けた、深く胸を揺さぶられるドキュメンタリーです。被写体である監督の母親が語ったかと思うほどに、残忍さの記憶が一致しています。

いとも簡単に、生と死が線引きされる。そこに翻弄された人々、なぜ自分たちがそんな目に遭わなければならなかったのかと、いちばん誰かの胸ぐらをつかんで問いただしたいはずの当事者は、そうであるからこそ、あまりの無慈悲さに口をつぐまざるを得ないのかもしれません。

六月抗争という歴史的事件で自身も痛みを抱えているはずの館長が、済州島四・三事件の当事者には「軽い気持ち」で「生々しい証言」を頼んでしまうという部分も、見逃してはいけないでしょう。痛みを知っている人間でさえ、自分と距離のある出来事は、一つの「歴史的事実」として消費してしまう、被害と加害の交差性をうかがわせる現実まで描かれていることに、作家のまなざしの深さを感じます。

「歴史」は、気を抜いた瞬間、過去に閉じ込められてしまうものかもしれません。『Lの運動靴』は、事後の時間にかろうじて残ったものを見つめながら、「歴史」を知恵として引き継ぐことの重要性を訴えているように思います。「歴史は記憶の闘争」という作中のある人物の言葉は、非常に重要な指摘でしょう。

＊1　一九四八年、アメリカの軍政下にあった南朝鮮が単独選挙を決定すると、南朝鮮労働党は北朝鮮との統一選挙を主張して反発、四月三日に済州島で蜂起した。この蜂起による死者は十四人だったが、同年八月に大韓民国政府が樹立すると、初代大統領に就任した李承晩は反共主義を強調して本格的な報復に着手。犠牲となった人々は、以降も時の政権によって共産主義者（アカ）と見なされることが続いた。参考文献：『済州島を知るための55章』、梁聖宗・金良淑・伊地知紀子著、明石書店、二〇一八年。

第八章

セウォル号沈没事件・キャンドル革命と〈弱者〉

——ファン・ジョンウン『ディディの傘』

ファン・ジョンウン著　斎藤真理子訳
『ディディの傘』
亜紀書房　二〇二〇年

社会を揺るがすような事件、事故、災害が、当事者のみならず、それを目撃した人々の心にまでなんらかの爪痕を残すことがあります。喪失感や無力感、当たり前だと思っていた「価値」を問い直さねばならなくなること――。その苦衷《くちゅう》を正面から見据えた作品が、この章で紹介するファン・ジョンウン著『ディディの傘』です。

二〇一九年に刊行されたこの小説集について、韓国の出版社チャンビのサイトでは、「二〇一四年のセウォル号沈没事件と、二〇一六年から二〇一七年のキャンドル革命という社会的激変を背景に、個人の日常のなかで「革命」の新たな意味を探求した作品である」と紹介しています。

「セウォル号沈没事件」と「キャンドル革命」。いずれも二〇一〇年代に起き、韓国社会を大きく揺さぶった出来事です。『ディディの傘』に収められた二つの中編「d」と「何も言う必要がない」には、二つの出来事の後で韓国社会に漂っていた空気、そして、そのなかで必死に善き方向を探ろうとする個人の静かな抵抗が描かれています。

子どもたちは大人の言葉に従った……セウォル号沈没事件

セウォル号沈没事件・キャンドル革命と〈弱者〉
―― ファン・ジョンウン『ディディの傘』

セウォル号沈没事件は、二〇一四年に大型客船「セウォル号」が乗客乗員四百七十六人を乗せて沈没した、韓国の海難事故史上最悪とされる出来事です＊1。

二〇一四年四月十六日、朝九時頃。済州島へと向かっていた大型客船セウォル号は、大きな音とともに傾き始めました。しかし船内では、じっとしているようにとのアナウンスが繰り返されます。乗員のうちの三百二十五人は、修学旅行中の高校生でした。ほとんどの子どもたちはそのアナウンスに従って、船の沈没とともに命を失いました。

傾いた船が、やがて海に沈むまで。その模様がテレビで生中継されたため、人々はリアルタイムで船の沈没を目撃することになりました。発生当初に「全員無事救出」の誤報があり、その後も救出情報は錯綜します。最終的には、乗員・乗客の死者二百九十九人、行方不明者五人、捜索関係者の死者八人を出す大惨事となりました。

その年の十月、韓国の最高検察庁は、セウォル号沈没事件の原因が、船の無理な増改築や過積載、船長や船員の経験不足、船体の故障などにあったと発表します。しかし、原因が発表され、船長や船員に対する裁判の判決が確定して以降も、安全神話が完膚なきまでに崩壊したことへの絶望感や、沈みゆく船を見殺しにしたという自責の念などが、多くの人に残りました。

さらに、国は本当に命を救えなかったのかという疑念も生まれました。事件の当日、当時の朴槿恵《パク・クネ》大統領に、動静が判明しない「空白の七時間」があったためです。

市民の声が政治を変えた……キャンドル革命

セウォル号沈没事件から二年後の二〇一六年秋。その朴槿恵大統領が知人に機密文書を漏洩していたというニュースをきっかけにして、大統領退陣を求めるデモが始まりました。人々がキャンドルを手にして広場などに集まる。一九七〇年代、街頭でのデモに厳しい制限が加えられた際に、カトリックの司祭たちの祈りの場などで行われたのが、キャンドルデモのそもそもの始まりだと言われています。

キャンドルを手に光化門《クァンファムン》広場へと集まった市民の声は、国会での大統領弾劾訴追につながります。二〇一七年三月十日、憲法裁判所は大統領罷免の判断を下し、朴槿恵大統領は即時失職しました。「キャンドル集会」が政治のありようを変えたこの一連の動きは「キャンドル革命」と呼ばれるようになりました。

国会が大統領の弾劾を求めた訴追理由の一つが、二〇一四年のセウォル号沈没事件の当日の大統領の行動です。訴追理由を審理した憲法裁判所は、大統領の友人が政治に介入していたという「大統領の地位と権限の乱用」は認めたものの、セウォル号沈没事件での大統領の職責については、判断の対象外であるとしました。

セウォル号が沈んでいくとき、大統領は何をしていたのか。災害を予防し、その危険から国民を保護するために努力しなくてはならないという義務は果たされていたのか。その部分については、朴槿恵大統領の責任は問われなかったことになります。

セウォル号沈没事件とキャンドル革命。この二つの出来事は、決してバラバラの独立した出来事ではなく、川の上流と下流のように一続きの流れです。さらに言えば、現代史の出来事はそれぞれが独立して存在し、その出来事が終わればきっぱりと流れが切り替わるというたぐいのものではなく、綯《な》われたロープのように絡み合って一つになったものでしょう。一見過去に見えても、その出来事をくぐり抜けてきた流れは、確実に次の時代に入り込んでいる。日本では敗戦を境に「戦前」「戦後」と線引きされることが少なくありませんが、『Lの運動靴』で見たとおり、目を凝らせば歴史の連続性の証しは確かに存在しているように思います。

その連続性、過去と分断されないいまを描く作品が『ディディの傘』です。

この作品には他にも、一九九六年に学生と公権力が激しく衝突した「延世《ヨンセ》大学事件」、二〇〇九年に起きた龍山事件（第五章参照）などが登場します。

喪失を経験する人々
――「d」

タイトルにもなっている「d」は主人公の名前です。そしてdの恋人が「dd」です。学生の頃、一緒に傘をさして下校したことのあるdとddは、同窓会で再会する。「ddがdの神聖なものに」(同書、12頁)なって、二人は一緒に暮らし始めます。

ddは部屋を借りるにあたって採光を大切に考えており、その点でこの家はあまりddの希望に近い空間ではなかったが、ちゃんと慣れていった。寝て、食べて、入浴して、出勤準備をして、仕事を終えて帰ってきて、映画を見、音楽を聴き、猫を飼いたがり、多肉植物が植わった小さな鉢植えを集め、近づいてくる冬に備えて買いたいコートや、dが作業場ではくブーツの防水について話し、dに触れながら朝寝をし、公共料金の請求書の心配をしたり、ときどき不眠だったりもして、大それた望みもないが大いに悲観することもなく、その家によくなじんで暮らした。壁紙が浮いたり、古くてめっきのはがれた手すりで手を切ることはよくあり、奇妙なことにいつも日曜日に、日曜のたびに必ず浴室の天井の隅からタイルの溝に沿って泥水が落ちてきて、ボイラーを使わない季節には湿っぽい布団の上で背中が冷えて目が覚める部屋だった。その部屋へ帰ってくるときにddは死んだ。

（『ディディの傘』、「d」、14頁）

この描写は、ddを失った後のdの回想です。dは、思い出そうとすれば、頭の中でいつも二人の生活の仔細を再現できる。採光、入浴、猫、多肉植物、コート、ブーツといったものは、二人の暮らしに潤いを与えてくれた事物でしょう。回想が進むほどに、浮いた壁紙、めっきのはがれた手すり、浴室を落ちる泥水、湿っぽい布団と、記憶は傷みや損なわれたイメージに変化していきます。

dの恋人、ddは、ある日事故によって、バスから一人だけ路上に放り出されるというかたちで亡くなりました。ddの思い出が絡みついた品はそのまま残っているのに、ddだけが永遠に帰ってこない。部屋に引きこもっているdは、やがて、あらゆるものから温度、ぬくみを感じるようになります。それは、とりもなおさずd自身が冷えきっていることの証左です。

「d」にはそうした、「存在をある日、失う」という体験をくぐり抜けてきた登場人物が複数登場します。

たとえば、dの家賃滞納を黙認してくれていた大家のおばあさん、キム・グィジャは、朝鮮戦争中に子どもを亡くしています。死んだ子どもをおぶって必死に避難をし、人に言われて初めて、子どもが自分の背中で事切れていたことに気づく。その時彼女は、もし胸に子どもを抱いていたら、自分の背中が吹っ飛ばされていたのだろうと、頭の後ろがなくなった我が子を見ながら思います。突然我が子を喪失した経験を持つキム・グィジャの心の中では、いまも戦争が完全には終わっていません。

また、dが配達人の仕事で出会うオーディオ修理店の店主、ヨ・ソニョも、消えていくものを目撃する側です。

店のある「世運商街《セウンサンガ》」は、ソウルに実在する電気街です。一九六八年に住居と商業施設が一体化した韓国初の建物として建設されましたが、老朽化が進み、二〇一四年からソウル市が大規模な再生事業を進めてきました。現在はカフェや独立系書店、ギャラリーなどが並ぶショッピングモールに生まれ変わり、七〇年代の韓国の産業化を下支えした労働の気配はすっかり消えています。

小説「d」の舞台は、そのリニューアル計画が持ち上がった頃の世運商街です。一九四六年生まれのヨ・ソニョは、凋落した目の前の電気街と「再生」を掲げる計画案の狭間で、消えていくものや消されるものを目撃せざるを得ない立場に置かれています。

さらに、dの友人のパク・チョベは、喪失への恐怖に囚われた青年です。かつて滞在したヨーロッパで、戦争に行ったきり主が戻らないままの部屋があると知ってから、彼は常に全財産を入れたバッグを持ち歩いています。日常はいつであれ破壊される。その意識が頭から離れないのです。
セウォル号沈没事件から一年になる日。dはチョベとソウルの中心部を歩きながら、さまざまな光景を目にします。広場に浮かぶ模型の船、菊の花を持つ人、「朴槿恵は退陣せよ」「セウォル号を引き揚げろ」と叫び声を上げる人々、そうした人々の通行を妨げている警察車両の「車壁」。この車壁が光化門広場付近の通行を遮断しているために、焼香所が設置された場所周辺は一種の真空状態になっています。犠牲者を悼み献花をしようとする人々も、車壁のせいで焼香をする場所に近づくことができません。
その場面が物語終盤、dの頭によみがえります。

彼らとdには同じところがほとんどなかった。他の場所、他の人生、他の死を経験した人たち。彼らは愛する者を失い、僕も恋人をなくした。彼らが戦っているということをdは考えた。あの人たちは何に抗っているのだ。取るに足りなさに　取るに足りなさに。

僕の愛する人はなぜ一緒に来なかったのだ。

（同書、「d」、116頁）

大切なものを失った人、失われるのを目撃した人、失うことに怯える人との関わりのなかで、ｄは自分が向き合っている孤独や自分という人間の輪郭を、少しずつ確認していきます。

希望と信頼を失った後で書かれた物語

作者のファン・ジョンウンは一九七六年、ソウル生まれ。仁川《インチョン》大学仏文学科に入学するも一年で退学し、その後、アルバイト生活を続けながら執筆活動に入ります。デビューは二〇〇五年。その後、数々の文学賞を受賞しますが、セウォル号沈没事件の衝撃によって、いっさい作品を書けない時期を過ごしました。彼女もまた、事件に深く絶望した一人です。当時の心情を、ファン・ジョンウンはこう明かしています。


どれほど簡単なことなのか。

希望がないと言うことは。世の中はもともとそんなものなのだから、これ以上は期待しないと言うことは。すっかりこの世界に対する信頼をなくしてしまったと言うことは。

（ファン・ジョンウン他著、矢島暁子訳、『目の眩んだ者たちの国家』、「かろうじて、人間」、

新泉社、二〇一八年、104頁)

信頼や希望を一度徹底的に失ったことで、作家は、国家とは何か、社会とは何か、そして文学の果たす役割とは何かについて、ますます根本から見つめ直したのかもしれません。『ディディの傘』に収められている一作目「d」は、作家がセウォル号沈没事件以前に書いていた物語を壊し、推敲し、さらに思索して生み出されたものだということです。

革命への遠いみちのり
──「何も言う必要がない」

「d」では、主人公がd、その恋人がddと、主要登場人物はイニシャルでした。対照的に、二つ目の収録作品「何も言う必要がない」では、登場人物全員にフルネームが与えられています。また、人名以外にも多くの固有名詞、特に本のタイトルや著者名が出てきます。たとえば、『源氏物語』、『ストーナー』、『ニルスの不思議な旅』、アントワーヌ・サン=テグジュペリ、坂口安吾、マーガレット・アトウッドなどです。

多くの名称、具体的な事物を指す言葉にまみれながら、ファン・ジョンウンを思わせる主人公の作家「私」は、まるで螺旋階段をゆっくりと降りるように、思索を深めていく。

それが「何も言う必要がない」の大きなイメージです。

作家と同じ空間にいる登場人物は三人。ですが、この三人は全員眠っています。作家の「私」だけが覚醒していて、他の三人を起こすタイミングをはかりつつ、かつての読書の記憶、自分の体験といった回想の海に身をゆだねています。

後日、私はこれらすべての物語の始まりはいつだったのかを考えるだろう。それはほんとに、いつだろう。私が生まれ、ソ・スギョンが生まれ、キム・ソリが生まれてチョン・ジヌォンが生まれて。始まりとはそういうものだろうか。

（『ディディの傘』、「何も言う必要がない」、130頁）

固有名詞が入り乱れ、最初のうちは登場人物の人間関係が把握しづらいかもしれません。しかし、物語に身を預けてみると、じわじわと理解が進むでしょう。作家が登場人物一人ひとりについて回想するエピソードは、そのようにしか生きられない各人の「生き方の癖」がきっちりと投影されている。つまり、登場人物とエピソードは「必然」で結びつけられています。

最低限の人間関係だけをまとめると、まず作家「私」の妹が「キム・ソリ」です。「キム・ソリ」には四歳の息子「チョン・ジヌォン」がいます。第二章で触れたように、韓国では父親の姓を重要視するため、子どもと母親の姓が異なるのが一般的です。この作品に「チョン・ジヌォン」の父親は登場しません。「ソ・スギョン」は「私」と同い年の女性で、深い信頼を抱き合っているパートナーでもあります。

主要登場人物の三人は、作中では終始フルネームで呼ばれます「パートナー」「妹」「甥」という言葉で呼ばないところに、たとえ親しい関係であっても、付される役割ではなく個人として対象を見つめようという作家「私」の態度が垣間見える。おそらくはそれが、作家「私」の「生き方の癖」なのでしょう。

自分と同じ屋根の下にいる登場人物たちはフルネームで呼ぶ一方で、作家は、自分の両親をフルネームでは登場させません。特に「父」は、作家の「私」にとって、社会に深く根を張る家父長制や同調圧力の象徴のような存在です。

たとえば、一九九六年に大学に入学した「私」は、「延世大学事件」を体験しています。延世大学は、『Lの運動靴』(第七章参照)の主人公「L」、つまり李韓烈が通っていた大学です。一九八七年の六月抗争で彼が催涙弾の直撃を受けたのは、延世大学の校門付近でした。

それから十年近く経って、「私」が同じ大学に入学する頃は、運動の在り方も、また鎮圧する側の手法も変わっています。

「延世大学事件」は、学生の集会に対して警察が封鎖網を解除しなかったために、結果として学生たちが籠城せざるを得なくなった事件です。運動の手法に籠城を選んだのではなく、そういう事態に追い込まれた。この事件によって、五千八百人あまりの学生が連行され、五十一人に実刑が言い渡されました。

その籠城に、主人公の「私」は巻き込まれてしまう。なんとか家に帰りつくと、彼女を「父」が優しげに迎えます。そして自分の体験を語り出す。自分だって、あの一九八七年六月に、たまたまデモを目撃して頭に血が上り、「警察は人を殴るな」「催涙弾を打つな」と叫びながら行進したことがある。だが「今はそんな時代じゃない」。昔と違って独裁ではなく、全斗煥だって監獄に行く時代にはデモをする名分がないというのが、「父」の判断です。

民主化運動に一役買ったと自負する「父」の現在を、作家はこう描写します。

> 父は今や七十代にさしかかり、誰かが食事を作ってくれなければ苦境に陥り、どの引き出しに自分の靴下だのズボンだのが入っているのかよく知らず、ちゃんと入浴せず、体調が悪くても自分で管理できないので母に気を揉ませ、自分を放ったらかしておくと言って娘たちを恨み、誰かや何かを嫌うことに以前よりも長い時間を費やしている。老いも若さも嫌いな彼が最も嫌悪しているのは労働組合活動と内部告発と

盧武鉉《ノ・ムヒョン》だが、ストライキはアカの活動で、サムスンの何十億ウォンもの裏金を内部告発したキム・ヨンチョル弁護士（原注：サムスンの法務担当だった弁護士で、二〇〇七年に巨額の裏金の存在を内部告発した）は卑劣な裏切り者で、故盧武鉉前大統領はふさわしからぬ地位にまで上り詰めた凡人だ。肉体労働で俺よりずっとたくさん稼いでる連中が何をまた労組だの、ストライキだの言ってるんだという彼の不快さには労働嫌悪と労働者嫌悪が同時に存在し、それよりもっと根本的には、弱さを嫌悪する気持ちがあるらしく、特に盧武鉉前大統領に向けられた憤怒と嫌悪に往々にして登場する言葉が「権威も何もない」である点を考えてみるとき、労働者、キム・ヨンチョル、盧武鉉に向けられた彼の嫌悪は同じ流れなのではないかとキム・ソリと私は話したことがある。彼は権威のなさを嫌悪する。彼は力のなさを嫌悪する。彼は弱さを嫌悪する。

（同書、「何も言う必要がない」、１７５〜１７６頁）

困った父親だ、と突き放して読むことも、もちろん可能でしょう。しかし、作中で作家の「私」が、政治的見解が異なる父親の別な面にも思いを寄せていることは注目すべき点です。

「父」は、民主化運動に自分も一役買っていたと考える、よりよい社会を夢見た人でもありました。その「父」が、結局は全斗煥に続いて、盧泰愚《ノ・テウ》という軍人出身の大統領の当選を目の当たりしなければならなかった。その挫折感を想像して、「私」は「少し胸が痛む」と感じます。

社会の変革は、なかなか一直線には進まない。「結局は何も変わらない」ことを経験した「父」がたどりついた境地が前述のようなものであることは、靴下や入浴の問題は別として、「私」には十分了解可能な現実なのです。

主人公の思考の深化とともに物語は進んでいきますが、実際に小説内で流れている時間は、二〇一七年三月十日正午過ぎから午後一時三十九分までのわずか一時間半ほど、という設定です。午後一時三十九分に何が待っているのか。大統領の弾劾訴追に対する憲法裁判所の最終判決です。作家の「私」は、この後起きることが革命となるか否かの結論を待ちながら、自分が体験したこと、親世代の考え方の基礎を作ったであろう出来事について、思いを馳せていたわけです。

物語の最終盤、眠っていた三人が起き出してきて、四人は判決を伝えるテレビの中継画像に見入ります。冒頭に記したとおり、判決では「セウォル号沈没事件をめぐる大統領の職責」は認められませんでした。

ファン・ジョンウンは、日本の読者に宛てたメッセージで、こう語っています。

二十一分間続いた弾劾宣告の中で最も胸が痛み、最も絶望し、キャンドル集会の失敗を予想した瞬間でした。私は「何も言う必要がない」をこの瞬間で終えなくてはならないと思いました。革命であれ、一つの社会の進化であれ、それがまだ到来していない瞬間で止め、「まだ」なのだ、「直前」なのだというメッセージを伝えたかったのです。

（同書、「日本の読者のみなさんへ」、263頁）

第一章で、韓国の現代文学には、時代や社会といった大きな風景を眺めるまなざしと個人の生活を見つめるまなざし、双方を備えた複眼の視点が強く感じられると書きました。『ディディの傘』という作品はまさに、社会と個人の生活を複眼で立体的に捉えた小説だと思います。

〈わかりやすさ〉の向こうへ

文学作品を評価する言葉に「わかりやすい」というものがあります。その言葉を見るたびに、なんとも言えない気分に襲われます。

ストーリーの起承転結が明確である、あるいは登場人物の内面描写が多いことを「わかりやすい」とする意見もあるでしょう。それ自体は必ずしも悪いことではありません。一方で、わかりやすくないからこそ気づきを与えてくれる作品も、確かに存在します。文章を咀嚼し、わからなければ調べ、書かれていない部分に自分の想像を働かせる。読者がパズルの最後のピースをはめるような作品です。

ファン・ジョンウンの作品は、いわゆる「わかりやすい」ものではないでしょう。むしろ、わかりづらい、に近いと思う人も多いかと思います。いくつものレイヤーを重ねるように、イメージの積み重ねで物語が語られ、読み進めなければ、どこにたどりつけるかわからない。読み終えると、わからないことが結晶化して、ざらりとした読後感が残る。わからなかったからこそ、読み終わった後も「もしかしてこのことだったのかも」と思わせられる。そういう意味で、ファン・ジジョンウンの作品の読書は、最後のページを閉じた後にこそ始まるのかもしれません。

＊1　その後の調査によって、回避不能な災害ではなく人災の部分が多分にあったことが判明していることから、本書では「事故」ではなく「事件」と呼ぶ。

第九章
「子どもが親を選べたら」少子化が生んだ想像力
――イ・ヒヨン『ペイント』

イ・ヒヨン著　小山内園子訳
『ペイント』
イーストプレス　二〇二一年

第一章で、本書でいう〈弱さ〉を〈自らの意志とは関係なく、選択肢を奪われている立場〉を指すと定義しました。その定義でいけば、「子ども」はまず「親を選べない」という点で、非常に選択肢を狭められた〈弱い〉存在と言えるでしょう。

親を自分で選べないはずの子どもが、もし自分で親を選べるとしたら――。イ・ヒヨン著『ペイント』は発想を大きく転換して、〈子どもが親を選べる世界〉を描いたヤングアダルト作品です。

「親ガチャ」は韓国では「泥のスプーン」

「どんな親のもとに生まれるかで人生が変わってしまう」

このような意味合いの流行語が、日韓両国で存在します。

日本の場合は「親ガチャ」です。どんなアイテムを引き当てるかは運次第というオンラインゲームやカプセルトイになぞらえたこの言葉は、二〇二一年の新語・流行語大賞のトップ10にも選ばれました。

背景にあるのは、学業でも仕事でも、何かを成就させるには土台が必要、という考え方です。土台があるからこそ努力が積み重ねられるのであって、それが脆《もろ》ければ、努力すること自体が無意味。その土台に当たるのが、生まれ落ちた家の経済力や親の学歴、ということになります。

一方韓国では、二〇一五年頃から「スプーン階級論」というものが流行しました。英語の〈born with a silver spoon in one's mouth　銀のスプーンを咥えて生まれてくる＝裕福な家に生まれる〉というイディオムから派生した考え方です。

親の財力によって、咥えたスプーンの素材はあらかじめ金・銀・銅と決まっている。財力がない親や子どものほうが面倒を見なければならないような親を持った場合、咥えているのは「泥のスプーン」になります。すくい取ろうとしても、何もすくえない。ここにも、運命にいくらあらがったところで無意味という、ある種の諦念が漂っています。

親の財力や家庭環境をスプーンの素材で表現するのが通例のようになっていた二〇一八年に、『ペイント』という作品は登場しました。ティーン向け作品を対象とする文学賞を受賞後に刊行され、三十万部を記録したベストセラー小説です。

韓国の「青少年文学」とは

物語の内容に入る前に、韓国のティーン小説を取り巻く状況について、少し説明しておきましょう。

韓国では「青少年文学」と呼ばれるジャンルがあります。文字どおり「青少年」、ティーンをターゲットにした小説で、青少年文学を対象にした文学賞も創設されています。賞のなかで有名なのは、「チャンビ青少年文学賞」です。海外で翻訳出版された受賞作も多く、日本で高い人気を集めたソン・ウォンピョン著『アーモンド』（矢島暁子訳、祥伝社、二〇一九年）もその一つです。タイトルの「アーモンド」とは、脳にあって感情の動きに大きな役割を果たすアーモンド形の扁桃体のこと。そのアーモンドが人より小さいために「感情」というものが理解できないユンジェと、不良と呼ばれて周囲から浮いているゴニ、二人の少年の物語です。

若い読者が興味をかき立てられるよう、ファンタジー、SF、ラブロマンスなど、さまざまな手法を用いてみずみずしく物語を綴る。ストーリーの吸引力に加えて、もう一つ、青少年文学には大きな特徴があります。〈弱さ〉に追い込まれやすいマイノリティに目線を向けた作品が多いことです。

「いま、自分たちが生きている社会をどうしたらいいか」という若い世代の問いに答えるように、あるべき社会の姿が時にはストレートに、時には反語的に描かれる。韓国では、ティーンのみならず大人のファンも獲得しているジャンルです。

「子どもが親を選ぶ」近未来小説

『ペイント』も、この「チャンビ青少年文学賞」を受賞しました。

舞台は近未来の韓国。テクノロジーが進化して、いまや各家庭には家事全般を請け負うロボット「ヘルパー」が常駐し、誰もが手首に「マルチウォッチ」なるものを装着しています。誰かと話したくなったらマルチウォッチに話しかける。すると、相手の姿がホログラムで目の前に現れたりもします。

さまざまなことが省力化された社会で、子どもを持ちたがらない人はさらに増加しています。危機感を抱いた政府は、少子化対策として奇策を打ち出しました。出産をしても子育てをしたくない親に代わって、国家が子どもを養育するというのです。韓国全土に「ネーションズ・チルドレンセンター」、通称「NCセンター」と呼ばれる施設を設け、そこで「国家の子ども」として成人まで育てるという仕組みです。

しかし、NCセンターの子どもたちに対する人々の偏見はなかなか消えません。そこで国は、センター出身であることが子どもの人生に不利に働かないよう、策を講じました。親になる大人を見つけられた子どもは、あたかも最初からその家の子どもだったように、過去を抹消できることにしたのです。センターの子どもが親にしたい大人を見つける面接、それが「ペアレンツ・インタビュー」、通称「ペイント」です。

子どもたちは、「いいなあ」と思った親候補と何度かペイントを重ねます。親にしてもいいという確信が生まれたら、合宿での共同生活を経てその家の子どもになる。センター在所中に親になる大人を見つけられなければ、ＮＣセンター出身の経歴は永遠に残ることになります。

もちろん、そのためには親になりたがる大人がいなくてはなりません。そもそも親になりたい人が減っているので、国は、センターの子どもを迎えた大人に養育手当や支援金、さらには年金の前倒し受給などのインセンティブを与えています。

物語は、センター最年長の十七歳「ジェヌ３０１」を中心に進みます。「ジェヌ３０１」という名前は、彼が入所した一月（January）と、一月にきた子どもの通し番号を組み合わせたものです。センターの子どもたちはこのように、徹底して統計的な名前が振り当てられています。いずれ親を見つけたときに、そこで名前をつけてもらえばよい、という考え方です。

キャラクターが立体的に伝わる会話

私が翻訳者として物語に触れる際に、いちばん注意を払っているのは、原文で読んだときに聴こえてくる〈声〉です。

「子どもが親を選べたら」少子化が生んだ想像力
――イ・ヒヨン『ペイント』

ある時点から、目で読んでいても頭の中で登場人物の声音《こわね》が響き始めることがある。そういう〈声〉が聴こえる作品は、翻訳そのものが非常に楽しくて、原書に背中を押されるような感覚があります。

『ペイント』もそうした作品の一つでした。ジェヌと彼のルームメイトで弟分のアキ、問題児のノア、そして、NCセンターのスタッフの〈声〉が、比較的早い段階で聴こえてきました。特に、ナイーブで洞察力があり、少し皮肉屋でもある主人公・ジェヌの存在感は圧倒的で、読んでいるとむくむくイメージが湧いてくるほどです。一瞬息をのむ時の仕草、目線の動かし方、前髪の長さなどが、それこそホログラムのように脳内で映像化されました。

作中で身長やヘアスタイルが具体的に描写されていないのにもかかわらず、そうしたイメージが立ち上がった理由の一つは、いきいきした会話部分にあります。

物語は主人公ジェヌの一人称の語りですから、地の文からは彼の心の動き、思考の流れを読み取ることができます。一方会話になると、相手に合わせてジェヌが見せる顔も変化する。同じセンターのスタッフでも好きなスタッフと嫌いなスタッフでは態度が変わりますし、かわいがっている後輩には少し先輩風を吹かせもします。十七歳という彼の年齢が、どんなに取り繕ってもつい出てしまう本音のような部分に垣間見え、それが、ジェヌのキャラクターに立体感をもたらす。読む側は自然とジェヌに親近感を抱くことになります。

実際の会話を例に挙げましょう。

NCセンターの他の子どもたちとは違って、ジェヌはペイント、父母面接に積極的に臨もうとしません。たとえ臨んだ場合でも、どこか面接の相手に斜《しゃ》に構えます。センターにはガーディアン、通称「ガーディ」と呼ばれる、先生のようでもありケアスタッフのようでもある職員がいますが、ジェヌの投げやりにも見える態度は、ガーディたちの心配の種です。親を見つけられずに成人を迎えて退所すれば、センター出身という経歴は消えず、社会に出て偏見にさらされるかもしれないからです。

そんなジェヌを心配したガーディのチェが、父母面接をしようとしないジェヌと腹を割って話そうと、彼を呼び出す場面です。

「ジェヌ、必ずしも政府からの恩恵目当てであの人たちがNCに来るわけじゃないよ」

「必ずしもすべての子が親を必要としているわけじゃないのと同じく、ですか」

「君はいい子だし賢い。勉強だって、いくらでも続けられるんだから」

「そのためには親が必要ってことですよね？　でも僕は十七です。この年で見ず知らずの人をお母さん、お父さんって呼びながら暮らせって？」

チェがゆっくりとコーヒーカップを持ち上げたが、途中で、音を立ててテーブルに置いた。ひんやりした静寂が広がった。カップをにらみつけていたチェが低い声で言った。

「それが絶対によくないこと?」

僕はチェの瞳を見つめた。

「十七で親に出会ったらおかしい?」

「ガーディ」

「生まれたとき出会う人だけが親? NCの子はみんな、十三歳から親を探すことができる。それがどういう意味かわかる?」

「僕らが捨てられたって意味でしょ」

肩をすくめると、チェの瞳に冷たい光がよぎった。

「君たちは外の子と違って、親を選べる子どもなんだよ」


(『ペイント』、21〜22頁)

ガーディのチェが言うように、NCセンターにいるたいていの子どもは、せっかく選べるのだからと、自分にとって「よい親」を選ぼうとします。とはいえ、物心ついた時から集団生活の中にいた子どもたちにとって、「よい親」のイメージはなかなか具体化しません。それこそ親ガチャの「当たり」のような、財力があって、子どもに干渉せず、常にこちらの選択を最優先にしてくれるという好都合なイメージ、あるいは、おいしいごはんを作ってくれるとか、週末は一緒に〇〇をして遊んでくれる、といった、通りいっぺんの想像が多くなります。

そうした子どもたちのなかにあって、ジェヌはずっと悩んでいる。「どんな親が自分にとってのいい親か」に悩んでいるわけではありません。ジェヌが悩んでいるのは「親がいるのが当たり前」という社会の常識、つまり、考え方の枠組みについてです。

大人のなかにも、傷を抱えた子どもがいる

この作品は、「子どもは親を選べない」という考え方の枠組みを取り払って「子どもが親を選べたら」を考える、一種の思考実験のような物語です。ただし、「じゃあどんなタイプが理想の親だろう?」とストレートには進みません。ジェヌの姿を通して浮かび上がるのは、「家族とは本当にいいものなのだろうか」という、むしろセンターでの取り組みを覆すような問いです。

たとえば、ジェヌは、親に立候補してくる大人とペイントを進めるうちに、次のような共通点に気づきます。

ペイント、すなわち父母面接を受けにセンターへやってきた人は、判で押したように顔を笑顔の花で満開にしていた。私たちは本当に君を愛している、いい親になる準備はできている、最高の家庭をプレゼントしよう、そう全身で訴えていた。ときには感情に酔って泣き出す人もいた。今ごろになって子どものいる人生を夢見ているんだ。ホログラムの画面からすぐにでも飛び出してきそうだった。

（同書、59頁）

ジェヌが気になるのは、相手が隠す本音のほうです。面倒くさくない子を引き取って、政府の支援金をもらいたいんじゃないか、などと勘繰る。それはまったく的外れな想像ではありません。訪れる大人たちのほとんどが、NCセンターの子どもを憐れむか、あるいは「親になった自分」の人生にこそ関心のあるキャラクターとして描かれています。

しかし、ただ一組だけ、ジェヌが親に選んでもいいと思うカップルが登場します。二人は、親になる自信もなければ子どもも苦手という、通常であれば「よい親」という候補にはなりづらい大人です。それがたまたま、ペイント=父母面接までたどりついた。親候補として名乗り出た動機も、他の人たちとは少し異なります。そして二人が二人とも、「自分はよい親に恵まれなかった」と認識しています。

実は、ジェヌが最も信頼を寄せているセンター長のパクも、幼少時代のつらい記憶からいまも逃れることができないでいる人物です。だからこそ、より幸せな家族を縁組しようと、ガーディという職業を選んだ。熱心なあまり、親候補の大人を吟味し過ぎて上司から大目玉を食らうほどです。なぜそこまで真剣に子どもたちの親を選ぼうとするかの背景に、彼の個人的な生い立ちが潜んでいます。

それらの出会いを通じて、ジェヌは、自分が〈大人になりきれない大人〉〈子どもの頃の傷みをひきずっている大人〉に惹かれることに気づきます。同時に、そういう人を自分の親にするだけでは、何も変わらないのではないかとも考えるのです。

子と親のリアルを切り取る

著者イ・ヒヨンがこの作品を執筆したのは、自身も子育てに奮闘していたさなかのことです。小説を書き始めたのも、結婚・妊娠・出産を経て産後うつに近い状態になり、心に沈殿する思いを吐き出したかったからでした。

そんなある日、たまたまネットで、ある児童虐待事件のニュースを知ります。記事にはリアルタイムで次々とコメントが書き込まれていきました。それを夢中で読んでいるうちに、「だから、親の資格のある人にだけ子育てをさせなくちゃ」という文章を発見して、作家ははたと悩んでしまったと言います。当然備えるべきもののように言われている「親の資格」とは、何を指しているのか。何ができれば、資格を満たしたことになるのか。

そこから一気呵成《かせい》に二週間で書き上げられたのが『ペイント』でした。結果、二〇一八年「チャンビ青少年文学賞」を受賞したのは前述のとおりです。

ちなみに、受賞作の選考過程はなかなかユニークで、小学生から高校生まで、まさに青少年文学がターゲットとする年代の「青少年審査団」百三十四人が審査に加わっています。かれらが本作のいちばんの魅力と評価したのは、登場人物たちのいきいきとした会話でした。特に支持を集めたのは、以下の台詞です。


「社会って、原産地表示がハッキリしているものが好きですもんね」

(同書、54頁)


「もしあの親のもとで育っていなければ、今ごろ完全に違う性格で、違う生き方をしていたんじゃないか?」

(同書、115頁)


「子どもって、ほとんどは家族から一番傷つけられるんだと思う」

(同書、116頁)

若い世代だけではありません。韓国の読書サイトのレビューでは、子どもに買い与えたつもりが、自分のほうが夢中になって読んでしまったという親たちが、「ほとんどの人は、リハーサルなしで親になりますよね」「大人だからって、みんなが大人っぽい必要ありますか」などの台詞に強く励まされたと打ち明けています。

家族関係は、いつも手探り

いざ選んでいいと言われると、子どものほうも、自分の望む親がどんなものかわからない。他方大人も毎日手探りです。「悪い親」になろうと頑張る人は少ないと思いますが、「いい親になろう」と決心をして一生懸命やっているからといって、そうなれるとも限りません。実はそれぞれが、リハーサルなしの一発勝負を連日こなしている。そう考えると、苦しむのも悩むのも、ごく自然なことのように思えてきます。

そうした子どもと親、双方のやるせなさを取り上げている本が、日本にもありました。漫画家でありエッセイストの田房永子著『なぜ親はうるさいのか　子と親は分かりあえる?』です。

田房さんが子どもの頃に親を「うるさい」と思った出来事。それは身体的暴力ではないものの、心に痣《あざ》ができそうな親の言動でした。自分も親になってみて、田房さんは、そういう親の態度に、子どもの頃の自分はどう心を整理すればよかったのかを丁寧に考えていきます。

この本のことが頭をよぎったのは、田房さんが単に子どもに親との距離の取り方を伝えるにとどまらず、〈親がなぜそういう出来事を引き起こしてしまうのか〉にまで言及していたからでした。

親の役割とは、子どもに社会の決まりを教えることである。すると、どれほど自由な考え方の人であっても、世間のイメージする親の像に自分を合わせなければならなくなる。そんな田房さんの説明によって、「大人」をしている親も、やはり窮屈さを抱えていることが改めてわかります。そうした状況を俯瞰しつつも、上下関係の上に立つ者が距離を調整しなければ、抑圧的な関係は改善されないことが明快に示されます。

子どもの頃苦しかったことを親になってから、子どもと親、両方の立場で答え合わせをする。「あとがき」で、田房さんはこう書いています。

子どもの頃《ころ》、優しく接してくれる大人が何人かいました。今思えば、うるさすぎる母との関係を察知してくれていたのかもしれません。そういう人たちが私へ密かに発していた「幸せになれよ」という雰囲気《ふんいき》、まなざしの念みたいなものが、私を包んで支えてくれていたような気がします。（中略）親との関係で悩《なや》みを抱《かか》えている中高生へ、念を送るつもりでこの本を書きました。

（田房永子著『なぜ親はうるさいのか　子と親は分かりあえる？』、筑摩書房、二〇二一年、104頁）

『ペイント』にもやはり、この「幸せになれよ」という「念」が込められているように思います。

著者のイ・ヒヨンは、『ペイント』発表後、さまざまな学校を訪ねて講演活動を行っています。壇上から一方的に話すというよりは、参加者と一緒に考えるスタイルが多いそうです。そうした作家の実践にも、一人の大人としての願いが込められていると言えるでしょう。

超少子化だからこその、根源的な問い

『ペイント』の主人公ジェヌは、父母面接を通じて自分なりの結論にたどりつきます。もしかしたら、「子どもが親を選べる」という設定に、「両親＋子ども」のかたちを標準として捉えるのか、と反発が生まれるかもしれません。しかし物語の結論はむしろ逆で、

より根源的な問いを読む側に投げかけています。

韓国統計庁の発表によれば、二〇二三年の合計特殊出生率＊1は、前の年に比べ〇・〇六低い〇・七二でした。八年連続で過去最低を更新したのに加えて、合計特殊出生率が一を割り込んだのは、ＯＥＣＤ加盟国の中で韓国だけです。尹錫悦《ユン・ソンニョル》大統領は、超少子化が進行する現状を「国家非常事態」と強調、新たな少子化対策を打ち出しています。

『ペイント』は、そうした超少子化時代であるからこそ、考え方の枠組み自体を取り払うという前提で、想像力を発揮した作品だと思います。

＊1　十五～四十九歳までの女性の年齢別出生率を合計したもの。

第十章

社会の周縁から人間の本質を問う

——キム・ヘジン『中央駅』

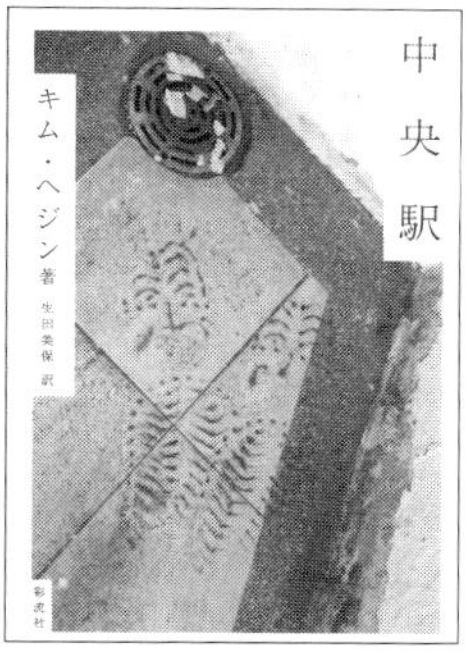

キム・ヘジン著　生田美保訳
『中央駅』
彩流社　二〇一九年

みなさんは、「ホームレス」という言葉を聞くと、どんなイメージが頭に浮かぶでしょうか。少し目を閉じて、考えてみてください。

――何人かが集まっている姿ですか？　それとも一人でしょうか？

――その人（たち）は、明るい場所にいるでしょうか？　それとも暗い場所にいるでしょうか？

何人かで車座になって話していたり、何か飲食をしていたりという光景、あるいは動物と一緒のイメージを思い浮かべる方もいるかもしれません。

同じ単語で言い表していても、頭の中に結ばれる像は人それぞれでしょう。具体的に思い描こうとするとリアルな状況が浮かばない、映像としてイメージできない、それくらい曖昧な意味合いでこの単語を使用している場合もあるかと思います。

この章で取り上げるのは、その「ホームレス」が主人公の物語、キム・ヘジン著『中央駅』です。

まだ若い男が、なんらかの事情で、キャリーケース一つを引っ張って駅前へと流れついた。物語は、その男性の視点で描かれます。印象的なのは、文章がほぼ現在形になっていることです。

歩道橋の真ん中を過ぎたあたりでうろうろする。奥のほうへ入ろうか悩むが、小便くさい悪臭のため、気が引ける。風が吹くたびに正体不明の臭いがどっと押し寄せてくる。このくらいなら、なんとか寝られるだろう。もう少しすると、さらに大勢の人がやってくる。俺は自分自身を励ます。よほど悪い所でなければ、さっさと適当な所に決めてしまうのがよい。どうせここで満足のいく場所を見つけることは不可能だ。

（『中央駅』、8頁）

男が駅に到着して何日目であるかの記述はありませんが、見えたものや嗅いだにおいにいちいち心をびくつかせている様子からすると、それほど時間が経過していないことがわかります。路上で寝ることに慣れていない気配もあります。男の動きを実況中継でもするかのように、短い文章で畳みかける。そのリズムに、男には現在しかないという寄る辺のなさが漂っています。

そして実際、この物語には過去や未来が感じられません。

「お前はまだ若いんだから」と声をかけられる場面はあっても、それ以上の情報、名前や実年齢、駅前に来た理由などは書かれていない。見た目からわかる情報しか記されていないわけです。どんな出来事に見舞われて、あるいはどんなことをして路上生活を決心したのかという、本人が明かさなければわかり得ないことについての説明は、いっさいありません。

現在形の繰り返しが伝える、「いま」しかない生活

外形的な情報でしか個人を識別できないのは、他の登場人物の描写についても同様です。たとえば、軍服姿だから「軍服の男」、ネズミを飼っているから「ネズミの男」、路上生活者を支援する施設のスタッフは「黄色いチョッキを着た人たち」と、主人公が視覚で手に入れた情報が中心です。

誰かと初めて出会うとき、私たちは、その場の空気を読みつつ、相手の情報を得ることに努力を傾けるものではないでしょうか。仕事上の対面なら相手の所属や面談での目的などは共有されているはずですから、それをベースに会話を進める。趣味のサークルや学校、地域社会での縁であれば、最低限の個人情報を明かしつつ、相手と共有できそうな話題を探るでしょう。家族構成や、年齢や、出身地などをそれとなく伝えて、見つかった共通項

から話題を広げていく。そんなふうに、間合いを取りながらじりじりと相手との距離を縮めていってこそ、人間関係は築けるのだと思います。

そういう意味でいえば、男がたどりついた場所はそれとは真逆の世界です。路上生活者が繁華街に集まるのは、「気の合う人がいそうだから」「楽しそうだから」「誰かと出会いたくて」という理由からではもちろんありません。夜間でも街灯があり、飲み水を確保したり体を洗ったりできる公共のトイレを見つけやすく、炊き出しや廃棄の弁当といった食料が手に入るからでしょう。人目があるぶん、暴力被害を避けやすいという判断も働いているはずです。

要するに、生存に便利だから来ているのであって、人と縁を結び、何かを一緒に行い、お互いの存在を励まし合いながら暮らすということは想定にない。ですから、たとえやり取りが生まれたとしても名乗らないし、事情も語らない。自分が訊かれたくないことは、相手にも尋ねない。小説の舞台「中央駅」という場所では、個人の人生にコミットしてしまう過去や未来を語らないことが、暗黙のルールになっています。現在形の繰り返しは、そのことを端的に示していると言えます。

堕ちた果て、肉体だけで確認する関係

タイトルの「中央駅」は実在する駅ではありません。訳者あとがきによれば、著者キム・ヘジンは「どこにでもあり得る物語として読んでほしい」という思いから、「中央駅」というタイトルをつけたとのことです。

その「中央駅」に、男がたどりつく。財産はキャリーバッグに詰め込んだものだけ。しかもそのバッグも、気を抜いた瞬間、路上生活をする女に奪われてしまいます。女を見つけ出した時には、すでにバッグの中身はすっかりなくなっています。

男は女と性的な関係を結び、やがて二人での路上生活が始まります。男よりかなりの年上らしい女はアルコールが欠かせず、持病もあるようですが、女は病名や病状を明かそうとしません。医療を受けることさえ拒んでいます。状態は次第に悪化し、男は路上生活をやめて女と二人で暮らすこと、そのためのカネを稼ぐことを考えるようになります。

路上に人生を棄てようとした男が、路上から脱するための策を立てざるを得なくなる。男が彼女に対してどのような決断を下すかというのが、この物語の一つの結末でしょう。いわば、〈路上の恋〉の結末です。

男と女は、確かに性的な関係を結んではいるものの、それが「恋愛」に端を発したものか、「同志愛」的なものの一つの表現か、あるいはそうした感情の通い合いではなく、単にどちらも欲情に身を任せているだけか、読む側にはなかなか判断がつきません。もしかしたら当人たちにもわからないのかもしれません。
ただし、猛烈な人恋しさは伝わってきます。誰かにそばにいてほしい、肌と肌を重ねて、現実を忘れるような恍惚感に身をゆだねたい。そしてその欲求は、他者を求めるというよりは自分を保つため、路上生活をしている自分自身に折り合いをつけるための、自尊心の発露のようにも読めます。

女と俺は互いに互いを選んだわけではない。俺たちを引き合わせたのは路上での生活であり、駅舎内に淀む時間だ。俺は女の顔のしわと荒れた肌を思い出す。そんな風に、女にはない、自分の若さをかばって正当化しようとするが、女だってお互い様だ。女だって、ここでなかったら俺に付き合う必要はないのだ。

（同書、105頁）

素性をあえて明かさない路上で、互いの肉体だけを目当てにした関係は、ある種明快でしょう。語弊を恐れずに言えば、与えるものと受け取るものがはっきりしている。ギブ・

アンド・テイクに近い関係とも言えるかもしれません。もちろんそれは、双方の同意があることが大前提です。

互いに同意している関係であれば、女にとっては、男とチームであることが安全性の確保にもつながったはずです。路上生活では女性のほうが、性暴力をはじめとしたさまざまな暴力加害に見舞われる危険性が格段に高いからです。

『中央駅』に登場する女性ホームレスが、何を考えて男と路上生活をともにしたか。その真意は本人が男に語らない限り、つまり、男が見聞きする行動として物語に登場しない限り、読む側も知ることができません。読む側には常に男と同じぶんの情報しか与えられない。そのため、読み手は男の立場で展開を見守ることになります。

恋物語だけで終わらない結末

先に「一つの結末」としたのは、この小説にはいくつかの問いが内包されていて、結末はそれらへのさまざまな解の提示のように読めるからです。それはたとえば、「この社会はどこまで寛容であれるか」「人間性とは何か」といった問いです。男が路上をさまよう姿からは、「人は本当に自分を諦めきれるのか」という疑念も浮かんできます。

中央駅に流れてきた頃、男は他の路上生活者たちを安らかで平和そうだと思い、それはかれらがすべてを諦めているせいだと考えます。男の言う「諦め」とは「この場所に対しても、まわりに対しても、自分自身に対しても関心を持たない。心配したり、不安になることもない」（同書、42頁）という状態のことです。

しかし、路上生活がそれなりに長くなっても、男にはそうした心境がいっこうに訪れません。それどころか、さまざまなことに神経を尖らせていく。一緒に路上生活をする女に、まるで度量の狭い夫のような態度を取り、「女がいる自分」に、かすかな期待や自尊心をつないでしまう。女に対して愛情に近いものがあったにせよ、それよりは、一緒にいて「諦めずにすんだ」という部分のほうがはるかに大きいように読めます。まだ完全には堕落していない。その気になればやり直せる。女といることは、諦めではなく、かすかな希望をつなぎ止めるために必要だった。だからこそ、女が希望のよすがになり得ないとわかった時の男の選択は、「本当に自分の人生を諦めきれるか」という問いへの男なりの回答のように思えるのです。

自分の人生は、諦めきれない
――一九九六年、新宿のダンボール村で見えたこと

作中には、路上生活者たちがダンボールを敷いて寝起きする広い通路が登場します。か

つて日本でも、路上生活者のダンボールハウスが立ち並ぶ場所がありました。東京、新宿駅西口に直結する地下通路で、一九九六年頃のことです。テレビディレクターとしてそこに住む人々を取材したことのあった私は、本作を読んでいるあいだじゅう、中央駅の光景に新宿の地下通路を重ねていました。

当時、その地下通路には百棟近いダンボールハウスが並んでいました。巨大ターミナルに直結していて飲食店が多く、トイレが多い。地下通路なので雨露もしのげる。中央駅で人々が路上生活を送ったのとまさに同じ理由で、さまざまな事情から家を失った人々がその場所にダンボールの住処《すみか》を作り始め、やがて地下通路はダンボール村のような様相を呈し始めました。

付近の商店街や通勤通学で利用する人々からは苦情が出ます。結果、ダンボール村は一九九六年初めに強制撤去され、ダンボールハウスが並んでいた場所には動く歩道が設置されました。また、新宿の地下通路の他のスペースには、新たにダンボールハウスができないよう、さまざまな「オブジエ」が置かれ、仕切りのあるベンチが増えていきました。

いわゆるダンボールハウス村を取材しているうちに、いくつか気づいたことがあります。一つは、その「住民」が圧倒的に男性ばかりだったことです。人間関係のしがらみを絶とうと路上に足を向けたくても、やはり女性には性暴力のリスクがつきまとう。並ぶダンボールハウスを見ながら、同じ数、あるいはそれ以上の女性たちが苦境を味わっているかもしれないのに、果たして彼女たちはどこを住処にしているのだろうとたびたび思いました。

二つ目は、「村」という呼び名のとおり、どこか独自のコミュニティのような感覚が住まう人のあいだに生まれていて、妙な居心地のよさがあることでした。過去を聞かない、語らないのがルールの路上生活では、現在がすべてです。かつての勤め先での役職や青春時代の武勇伝などを語りたがる人は煙たがられるだけ。信頼されるのは、その場で役立つ知恵を持つ人です。ダンボールハウスを作るのが上手な人。廃棄される弁当にタバコの灰をかけないコンビニを知っている人。何人分かの水を公園の水飲み場からせっせと運ぶ力自慢もいれば、「村」への襲撃を防ぐため、用心棒のようにあえて入り口にダンボールハウスを作る人もいました。

男性が圧倒的多数ですから、どこかホモソーシャルな社会、つまり、女性や同性愛者を排除した男性の連帯が重視されていたことは明らかです。それは取材者である私に対しても同様で、「女性」として面白がられていたことは否めません。いわゆる「いい人」の面だけを見せられていた可能性は高いでしょう。

そうだとしても、実際に見聞きした語りには目を開かれるものがありました。絶望しきって諦めている人など皆無に近い。むしろ、人との関わりや人としてのふるまいをつなぎ止めるために「村」を形成している感じすらあった。一人ひとりに事情と個性があるその人々を「ホームレス」という言葉でひとくくりにする暴力性もまた、強く感じました。しかし、当時は〈なぜ劣悪な生活環境にコミュニティの雰囲気が生まれ、心地よさがあるのだろう〉と不思議に思っただけでした。そこから先へと思考を促してくれたのが、この小説です。

『中央駅』で、男はおのれの路上生活への悔いをこう語ります。

いつの日か、俺はここを踏み台にして別のところへ行けると信じていた。女と助け合って支え合っていけば、今日よりましな明日が来るだろうと漠然と期待してもいた。それがいかに愚かで安易な考えだったかを悟った今、激しい羞恥心を覚える。最初から全て諦めることができていればどんなによかったか。今いる場所がベストなのだと満足していれば、それ以上悪くなることはなかった。なにをしても無駄と諦めておけば、終わりのないどん底へと堕ちていく挫折を味わうこともなかった。

（同書、281頁）

「もう人間はこりごり」「もう自分の人生も終わり」と自嘲気味に語っていても、人のにおいのする場所は諦めきれない。そこで生まれる感情や、自分が自分であるという確認作業に終わりはない。社会の周縁にあるかれらの姿は、人間の本質的な部分をも物語っているのではないでしょうか。

生きる作業を丁寧に描く作家、キム・ヘジン

著者のキム・ヘジンは、一九八三年に韓国の大邱《テグ》で生まれ、二〇一二年に「チキンラン」という短編でデビューしました。デビュー翌年の二〇一三年に本作を発表、第五回中央長編文学賞という賞を受賞しています。

彼女の作品には、広い意味での「しごと」がよく登場します。この「しごと」は、職場での業務を意味する「仕事」ではなくて、自分で自分を生かすためにせざるを得ない作業というイメージです。食べる、眠る、体をケアする、人と関係を築く……よほどのことがない限り、自分を生かすためのそうした作業から人は自由になれません。時に喜びをもたらし、時に苦役のようでもあるその「しごと」の時間を丁寧に描き出すことに定評のある作家です。

また、彼女の作品には、路上生活者、同性愛者、身寄りのない高齢者、住居からの立ち退きを求められる人々などがよく登場します。そのせいか韓国メディアの記事では「社会的弱者を描く作家」という枕詞がつけられることもありますが、そそがれるまなざしは、決して安易な決めつけではありません。

『中央駅』でいえば、主人公の男は、再開発地域の住民を立ち退かせる用役業者（第五章参照）の一人として、住民に嫌がらせをしたり暴力をふるったりして現金を手に入れています。男は、路上生活者という「社会的弱者」の顔だけでなく、別の弱者に攻撃を加える強者としての顔も持ち合わせている。物語に組み込まれたそうした構図は、弱い存在同士を競わせ、加害と被害の交差する場所に置き去りにする社会のありようをも切り取っています。

キム・ヘジンは、決して倫理的ではないキャラクター設定について、次のように語っています。

他人が決してわかり得ないその人の事情が、その人を作り上げているのだと思っています。ですから、ある個人を見つめるとき、あえて表に出さないでいるものを見つめたいですし、語りたいのです。善と悪に明確に仕分けできることは多くないと思いますので。薄紙一枚くらいの境界だと考えています。

（『ハンギョレ21』「21が愛する作家たち　一三二六号　キム・ヘジン①　「人がいつも気になります」」二〇二〇年八月一八日）

人にラベリングをせず、独自の事情を抱える多面的な個人として見つめる。もしかしたら自分とこの登場人物との差は、薄紙一枚かもしれないと思いながら向き合う。そうした認識が、キム・ヘジンの物語の根底に流れています。

「排除アート」と社会の不寛容

日本に目を転じてみましょう。ホームレス、路上生活者に関連するニュースとして記憶に新しいのは、二〇二〇年に路上生活をしていた六十代の女性が殺害された事件ではないかと思います。その日の早朝、彼女は仕切りつきのバス停のベンチ、つまり、体を横たえることのできないベンチに座っていました。

『中央駅』にも同様に、鉄製の仕切りや、座面に大きなオブジェや広報物が設置されたベンチが登場します。自分たちを排除するために、わざわざお金をかけて設置されたそれらを見て、路上生活者たちの気持ちはささくれ立っていきます。

建築史家であり建築批評家の五十嵐太郎さんは、著作『誰のための排除アート？　不寛容と自己責任論』のあとがきで、公共的な空間が特定の人々を排除する構図についてこう記しています。

なるほど、ホームレスは納税していないのだから、公共空間から排除されて当然という意見がある（消費税は払っていると思うが）。しかし、税金とは、対価に伴うサービスを受ける商業とは違う。そもそも税金は国家による相互扶助の役割をもち、弱者を排除するために余計なお金をかけるものではない。そうでなければ、弱肉強食の荒んだ社会になってしまう。

（五十嵐太郎著、『誰のための排除アート？ 不寛容と自己責任論』、「あとがき」、岩波書店、二〇二二年、61頁）

自己責任や、寛容さや、社会の包摂や。キム・ヘジンの『中央駅』は、それらのことに直接的には触れていません。描かれるのは、ひとくくりに「ホームレス」とされている人々の、ひたすら個人の物語です。しかし逆説的に、個人の物語は社会を照射する力をもつことを、教えてくれます。

第十一章

ありえたかもしれない、ハッピーエンドの物語

――チョン・セラン『シソンから、』

チョン・セラン著　斎藤真理子訳
『シソンから、』
亜紀書房　二〇二一年

韓国でも日本と同様に、満六十五歳以上を「高齢者」とするのが一般的です。その年代の人々こそ、激動の現代史の生き証人とも言える存在でしょう。

チョン・セラン著『シソンから、』の主人公シム・シソンは、まさにそうした一人です。朝鮮戦争を生き抜き、海外へ渡ってキャリアを重ね、帰国後は美術評論家や随筆家として縦横無尽に活躍した女性。プライベートでは結婚歴二回、育てた子どもの数は四人。若い頃、同居していたはるか年上の男性からDVを受けていた過去もあります。晩年、文化人となった彼女は、「シム・シソン」という一人の女性が経験せざるを得なかったさまざまな出来事、つまり、戦争で家や家族を失ったこと、何人かのパートナーとのあいだに生まれた信頼や尊敬、誤解や暴力などを、さまざまなかたちで精力的に世間に発信していきます。まさに高齢女性のレジェンドと言える存在です。

主人公は、記憶と記録に存在するレジェンド

物語では、各章の冒頭にシソンの過去の発言が掲載され、その出典も記されています。もちろんフィクションですが、その出典元を見ると、彼女がいかに広い「世間」を相手に

発信していたかがよくわかります。テレビ討論会でのパネラーとしての発言、シソン本人の日記の記述、園芸や仏教などの専門誌に発表した随筆、大学の卒業式の祝辞……。正しいことをサラリと言い、権力を笠に着るものには容赦なく、毒舌にもキレがある。なんとなく脳内にシソンのイメージができ上がって、この冒頭から、すでに読み手はシソンの才能と魅力に引き込まれてしまいます。

ところが、大きな存在感を放つシム・シソンその人は、もうこの世にはいません。物語は、「シム・シソンが亡くなって十年」というタイミングで語り起こされるのです。シソンの過去の発言や、家族一人ひとりに残された記憶は登場しても、本物のシソンが登場しない、主人公不在の物語です。

著名な美術評論家であり、随筆家でもあったシム・シソンが亡くなって、すでに十年。この間、故人の意向に従って先祖の霊を祀る韓国式の法事「祭祀《チェサ》」をまったくしてこなかった一族は、十年を機に、初めてその行事を執り行うことにします。ただし、肝心のシム・シソンが祭祀をするな、と言い残しているため、故人の意に反するような伝統的かつ保守的な祭祀はしない。代わりに、もしシソンがいたらきっと面白がるようなスタイルで、彼女を偲ぼうと考えます。

そうして企画されたのが、シソンに続く子どもと孫の全員がハワイに行き、そこで「旅して嬉しかった瞬間、これを見るために生きてるんだなあという印象深い瞬間を集めてくる」というものでした。

きらめく波光、頬をなでる潮風、甘い果実の香り。そうしたものに囲まれながら故人を偲ぶ。確かに素敵なアイディアです。しかし、韓国でのオーソドックスな祭祀を理解した上でこのスタイルを考えると、ハワイへの一族の旅は単に素敵なアイディアというだけでなく、韓国社会に根強く浸透した「伝統」への、一種のアクティヴィズムに近いことがわかります。

韓国文学に頻出のイベント「祭祀」とは？

韓国の祭祀は頻度も厳格さも、日本の法事とは桁違いです。

現在一般的な祭祀とされているのは、旧正月や秋夕《チュソク》（陰暦の八月十五日）に年中行事のかたちで執り行われるもの（茶礼《チャレ》）と、先祖（通常は四代前まで）の命日に親族三代程度が集まって執り行われるもの（忌祭祀《キジェサ》）などです。日本であれば三回忌、七回忌とあいだがあきますが、いずれのパターンも通常は毎年執り行われます。

そうした祭祀を、なぜ故人であるシム・シソンは拒んだのか。作中に登場する、一九九九年のテレビ討論「二十一世紀を予想する」（実際の番組のように描かれていますが、もちろんこれもフィクションです）で、彼女はこう発言しています。

司会者　シム・シソンさん、お一人だけ祭祀《チェサ》という文化に強硬に反対していらっしゃいますね。では、ご自身の死後の祭祀も拒否されるのでしょうか？
シム・シソン　もちろんですよ、死人のためにお膳の脚が折れるほど料理を作って何になるんですか？　こんな習慣はなくすべきです。
キム・ヘンネ　ちょっとばかり外国の水を飲んで帰っていらしたからって、そう簡単におっしゃるもんじゃありません。そんなふうに伝統文化をばかにして、見くびったらいけませんよ。
シム・シソン　形式だけが残って心がともなわなければ苦労するだけですよ。それも、明らかに女ばっかりがね。私は長女に、自分が死んでも絶対に祭祀なんぞやる了見は起こすなって、言ってあるんです。

（『シソンから、』、9頁）

韓国ドラマを見ていると、祭祀のシーンでは供物でいっぱいのテーブルが登場します。一定のルールに従って、ご飯、汁物、魚料理、肉料理、ジョン（魚や肉や野菜などに小麦粉をまぶし、卵をくぐらせて焼いたもの）、魚の干物、ナムル、果物などが並べられ、お香が焚かれ、ろうそくが灯される。祭祀で進行役を務めるのは男性、先祖への感謝を込めてひざまずくのも男性です。女性は料理を作り、後かたづけをして、ひたすら裏方。さらに、この場合の「イエ」とは男系の親族ですから、既婚女性の場合、自分の実家ではなくて夫の家の祭祀の準備をしなければなりません。一度も顔を見たことのない先祖のために、朝早くから立ちっぱなしで準備に当たることになります。

この行事が女性差別的であるとの声はかなり以前から上がっていました。にもかかわらず変わらない背景を、エッセイストのキム・ホンビはこう書いています。

ほかならぬこの手の話は、忘れた頃にどこかから必ず、聞こえてくる。祭祀を自宅ではなく寺でやり始めた年から、家族のうちの誰かが重病になり、誰かが突然倒れ、誰かが事故でケガをするなど災難続きになった、秋夕に海外旅行に行くことにして初めて祭祀をパスした誰々さんが、その年、突然スキャンダルの巻きぞえになって会社から追い出されたという、現代の都市伝説。同僚の父親は、きちんと真心がこもっていないと子孫に罰が当たるからと、祭祀のお供えに出来合いの物を決して並べず手作りにこだわっているらしいし（もちろん、手作りするのは父親ではなく母親だ）、祭祀をパスしたら、ひいおじいさんやおばあさんが「お腹すいた」と怒る夢を見たという人には、二十人以上会っている気がする。

（キム・ホンビ著、小山内園子訳、『多情所感　やさしさが置き去りにされた時代に』、「先祖嫌悪はおやめください」、白水社、二〇二三年、65〜66頁）

「海外旅行のために祭祀をパスしたら会社を追われる羽目になった」というストーリーが都市伝説になることを見ても、祭祀は健在という気がします。

だからこそ、シソンが息子にではなく娘に祭祀について言い残したり、その娘が実母の祭祀を「ハワイでミッションを果たすのはどう？」と思いついたりすることは、非常に破壊的であると同時に、まったく新しい可能性も切り開いているわけです。

チョン・セランの作品にはこうした、別な可能性への気づきを促す力があります。少しやり方を変えれば、見方を変えれば、こういう世界も存在し得るのではないかと提示する。未来を諦めないその姿勢が、多くのファンを集める理由の一つでしょう。

人気作家チョン・セランのデビュー秘話

チョン・セランは一九八四年、ソウル生まれ。大学を卒業後、編集者を経て二〇一〇年に作家デビューを果たしました。日本での人気も高く、二〇二四年九月現在、日本語で読める彼女の単行本は、長編、短編集合わせて八冊。「チョン・セランの本」という作家名を冠したシリーズも誕生しています。

しかし彼女の歩みを見ると、現在の注目度の高さとは裏腹に、デビューするまでかなりの苦戦を強いられたことがわかります。チョン・セランの短編集『屋上で会いましょう』の翻訳者、すんみさんはこう書いています。

韓国で作家がデビューするのは、各新聞社が毎年正月に受賞の発表をする「新春文芸」や、大手出版社による新人賞の場が一般的だった。いま日本で知られている多くの韓国作家も、だいたいどちらかの方法でデビューを果たしている。

でも、チョン・セランのデビューはちょっと違う。編集者の仕事をしながら作家を目指し、さまざまな新人賞に応募していた。しかし、結果はいつも最終選考で落選。「逃した賞金が、二億五千万ウォンにのぼる」と冗談を言っているほどだ。

落選の理由はいつも、「主人公に悩みがなく、明るい」から。韓国では、ファンタジー、SF、ミステリーなどの小説は「ジャンル小説」といわれ、純文学より文学的価値が低いと思われている。チョン・セランの応募作は「ジャンル小説的」だと評価され続けた。だったら、という気持ちで、ジャンル小説を扱う月刊誌『ファンタスティック』の編集長に小説を見せると、すぐにデビューが決まった。

（チョン・セラン著、すんみ訳、『屋上で会いましょう』、「訳者あとがき」、

亜紀書房、二〇二〇年、312～313頁）

「主人公に悩みがなく、明るい」のが落選理由、という部分は非常にユニークです。確かに、チョン・セラン作品の主人公にはどこか軽やかな印象が漂いますが、だからといって悩みがないわけではないでしょう。むしろ、悩みは自分の奥深くに沈潜させて、表向き感じよくふるまっているというキャラクターのほうが多いかもしれません。また、チョン・セランの作品には、フィクションとわかっていても、あまりの運命の過酷さに、読者まで呼吸が浅くなるようなエピソードが頻繁に登場します。

朝鮮戦争、ハワイ移民、ＤＶ……シソンが生きた日々

『シソンから、』の主人公、シム・シソンも、やはりそうしたエピソードの持ち主でした。シソンの子孫たち、つまり、祭祀に参加した子どもや孫たちは、「ハワイを旅して嬉しかった瞬間、これを見るために生きてるんだなあという印象深い瞬間を集めてくる」というミッションをクリアするため、ハワイのさまざまな場所を訪ね歩きます。自分の発見を、果たして母は、祖母は、喜んでくれるだろうか。それぞれの子孫のいわば旅路を介して、読者は間接的にシム・シソンの人生を知ることになる構成です。

晩年は文化人として、自由に、豪快に発言していたシソンですが、彼女の人生の大半に絡みついていたのは、戦争と死と暴力でした。

若き日のシソンは、朝鮮戦争の際に他の家族より一足早く避難します。シソンが去った後で、故郷の村では密告が始まる。村にいたシソンの家族が、その対象にされました。日本に留学していた兄が共産主義者のスパイと見なされ、家族全員が軍と警察、つまり自国の人間に銃殺されるのです。シソンが生まれ育った村では少なくとも三十人、多ければ七十人が埋められたという話があるものの、正確な数はわかりません。それくらい村は阿鼻叫喚の巷《ちまた》と化しました。

したがって、朝鮮戦争が休戦となっても、ふるさとには帰れません。シソンは写真花嫁*1の名目でハワイに移民します。そこで絵を描き始め、ドイツ美術界の権威である年上男性に「教育のチャンスを与えよう」と提案されて、今度はドイツへ渡る。しかし彼の提案は事実ではありませんでした。妻でもなく恋人でもない存在として、時に暴力の矛先にもなることが、彼女に求められていた役割だったのです。シソンがやっとの思いでそこから抜け出すと、年上男性は当てつけのように自殺をします。重鎮を失った美術界の面々は、あたかもシソンに責任があるかのような物言いを始める。シソンは当時を振り返り、こう綴っています。

彼は私を監禁したり強姦したわけではなく、私もまた国籍不明の東洋風のガウンを着た妖婦なんぞではなかった。しかし彼は別のやり方で暴力的であり、私を悲惨な目にあわせることができた。ラブストーリーでは全然なかった。（中略）ずば抜けた才能を持ってるね、いいチャンスをあげよう、君に関心のある人たちを紹介してやろうと優しく提案してくれる人を単純に信じてはいけなかったのだ。私は、経験不足から判断を誤り、有名で有力な男性の手中に落ちた女たちの一人だった。ただ、私がその中で最後だったことがすべての誤解を呼んだのではないかと思う。だから今、最後に言っておく。

私は彼を破滅させていない。彼は私への愛ゆえに死んだのではない。

（『シソンから、』、１０９～１１０頁）

荒野を走り抜けられなかった「新女性」たち

何も悪いことはしていないのに、次から次へと、落とし穴がぱっくり口を開けて現れる。どこに地雷が埋められているかわからない平原を必死に走りきって、シソンは少しずつ、自分が自分でいられる場所を作り出します。

このシソンのキャラクターには、地雷だらけの平原を走りきれなかった、幾人もの女性たちの姿が投影されています。一九二〇年代前後に活躍した、いわゆる「新女性《シンニョソン》」たちです。

たとえば、シソンが美術評論家で、絵筆も握れるし文章も書ける、という設定は、朝鮮最初の画家で小説家の羅蕙錫《ナ・ヘソク》を彷彿とさせます。また、DV被害をスキャンダラスに喧伝されたあげく、男を誘惑する悪女のように言われるという経緯は、朝鮮の女性作家の先駆け的な存在、金明淳《キム・ミョンスン》と重なっています。

金明淳は二十一歳で短編小説を発表して賞に入選し、文壇デビューを飾った女性です。作家活動だけでなく、五か国語に堪能で翻訳もする、また俳優として映画にも出演するというマルチな才能の持ち主でした。伝統的な結婚制度に異議を唱えるフェミニストでもあります。

しかし、実はデビュー前の日本留学中に、当時日本軍の少尉だった朝鮮人男性から同意なき性行為の被害を受けていました。その話が面白おかしく男性たちに共有され、著名な作家の金東仁《キム・ドンイン》までもが、事件を題材にした小説を発表。結果、金明淳は「男たちをたぶらかすスキャンダラスな女性作家」と見られるようになりました。

金明淳も、言われるがままになっていたわけではありません。不当な記事に抗議をし、名誉毀損の訴えを起こし、さらには作家として、被害者の側から見た物語を小説化しました。しかしそうした彼女の行動はさらなるセンセーショナルな話題として消費されます。失意の彼女は半島を出て再び日本に渡り、五十五歳で亡くなったとされていますが、どのように最期を迎えたのかの記録は見つかっていません。

韓国でフェミニズム運動が広がり、「フェミニズム・リブート」（第三章参照）が起きたことによって、金明淳の再評価は進んでいます。死後半世紀以上を経て、彼女の作品や行動を「朝鮮初の #MeToo 運動」とする声も上がっています。

作中のシソンの言葉に、過酷な二十世紀において、自分らしく生きることが叶わなかった女性たちに向けた一節があります。

> 二十世紀の女たちが、教育のチャンスという言葉につられて踏み込んださまざまな道は、本当に教育にたどり着くこともあれば、危険な奈落に着いてしまうこともあった。それでも教育とチャンスを望んだ女たちのことを思うと泣きたくなる。
>
> （同書、49頁）

同じように茨の道を歩んだシソンだからこそ、彼女たちの生きざまを思い、込み上げるものがあったのでしょう。

シソンと新女性たちの姿を重ねたとき、社会のあり方さえ違っていれば、より多くのレジェンドが生まれていたかもしれないという可能性にも想像が及びます。

世代を超えて呼び合う声、渡されるバトン

次の世代、その次の世代が、南国の島ハワイに集まって、シソンに捧げるきらきらした瞬間を探し回る。ハワイの旅では、子孫たちそれぞれに、人生で背負わなければならない重荷があることも合わせて描かれています。特に孫娘・ファスのエピソードは、若き日のシソンとも重なります。

ファスはある日、会社で事件に巻き込まれてしまいます。取引先の自営業者がファスの勤め先に不満を抱いて、社長や専務のいる場所ではなく、ファスが所属する経営支援課のオフィスに塩酸入りの瓶を投げつけるのです。何人かの社員が負傷し、ファスも顔にやけどを負います。

事件は、被害者と加害者が何度か入れ替わる経過をたどりました。初めはファスの会社の横暴に振り回された自営業者の側に同情が集まり、ファスたち負傷者の存在は透明化されてしまいます。それに憤ったのか、事件後にファスが流産したことを誰かがメディアにもらす。すると今度は、「事件のせいで流産」という決めつけからファスが同情され、自

営業者に非難が向かう。そして自営業者が自死したことによって、ファスは体だけでなく心にも傷を負います。

祖母の祭祀でハワイに来ても、ファスの心は晴れません。きらきらした瞬間を探す気持ちにもなれない。ついついぼんやりと過ごしてしまいます。そんな時に思うのはシソンのこと、シソンが受けた被害のことです。

二十一世紀の人たちは二十世紀の人たちのことを、愚かだった、ちゃんと対処できていなかったと責めるけれど、誰もがちゃんと自己防衛できる完全な状態にあったわけではないと言い返してやりたかった。だからあんなに自己防衛的に書かなくてもよかったのに、記憶の空白を無理に埋めなくてもよかったのにと言ってあげたかった。

（同書、１１６頁）

事件が起きたその時、その場で、選択肢を奪われる弱い側が生まれる。やがて置き去りになる。そのことは、シソンが生きた二十世紀でも、ファスや私たちが生きている二十一世紀でも、あまり変わっていないでしょう。そういうことが起きる確率も、減っているかどうかは怪しい。もしかしたらはるかに増えているかもしれません。

そうした現実に、チョン・セランは一つの回復のかたちを提示します。世代を超えて、孤独が癒されていくさまを描くのです。ファスには、シソンの痛みがわかる。シソンの言葉に、そんなに無理をしなくてもよかったのに、と言ってあげられる。着実にバトンが渡され、前の世代の痛みが、次の世代の糧になるような、そんな、悲しいけれども前向きな感情を、読者も共有することができます。

あり得たはずのハッピーエンドを描く

『シソンから、』のあとがきで、チョン・セランは次のように書いています。

作家としての私の系譜について考えることがよくある。それが金東仁《キムドンイン》や李箱《イサン》ではなく、金明淳《キムミョスン》や羅蕙錫《ナヘソク》にあることに気づいたこの数年間だった。過酷な前世紀に生きた女性芸術家がもしも死なず、粘り強く生き延び、一家を成していたらどうなっていたか想像してみたかった。たやすくは手に入らなかっただろうハッピーエンドを。

（同書、「あとがき」、３４８頁）

前述したように、金東仁は金明淳を題材にして小説を発表した男性作家です。つまりこのあとがきは、「自分は弱いほうから見た風景を書く」というチョン・セランの宣言と受け取れます。

「シソンから、」のタイトルには、最後に読点「、」がついています。翻訳に当たった斎藤真理子さんは「「、」によって続いていくからこそ、この物語には命があるのだと思う」(同書、「訳者あとがき」、358頁)と書いていました。シソンは決して、シソン一人で終わらない。タイトルからも、エンパワーメントのメッセージが伝わってきます。

＊1　ハワイに移民した韓国人男性と、写真を交換するのみで結婚を決め、渡米した女性たちのこと。

第十二章

高齢女性の殺し屋が問いかける〈弱さ〉

――ク・ビョンモ『破果』

ク・ビョンモ著　小山内園子訳
『破果』
岩波書店　二〇二二年

この章では、殺し屋が登場するノワール小説、『破果』を取り上げます。

果物が破れるという、生々しい破壊のイメージのタイトルどおり、『破果』には闇社会に生きる人々のうごめきが活写されています。主人公はベテランの殺し屋。依頼を受けてターゲットを殺《あや》めるという生業は、作中では「防疫」と呼ばれます。人が、誰かにとっての害虫や害獣として、きれいさっぱり消される。物語には殺害シーンが複数登場し、その都度、ナイフや銃の使い方、それが人体に及ぼす反応が仔細に語られます。

殺人者が主人公の作品を、なぜ〈弱さ〉をキーワードにした作品の一つとして取り上げるのか。それは、本作の主人公の属性が、現代社会で弱者とラベリングされがちな、高齢女性という設定だからです。

女性×高齢　異色のノワール小説

稼業ひとすじ四十五年の主人公、爪角《チョガク》は、六十五歳の誕生日を迎えたばかり。いよいよ高齢者の仲間入りをしました。

殺し屋の道に入ったのは十代後半です。師匠は、たとえテクニックがあっても、おそらくは女性というだけで屈辱を味わうだろうと考え「爪角」という通名を与えます。そこには、動物が爪を武器にするように、自ら身を守れという意味が込められていました。

そしていま。爪角は「女性」だからというだけでなく、「高齢者」という理由でも、蔑みの目を向けられる存在です。物語は、自らの老いに揺れる爪角が思いがけない事件に巻き込まれ、人生最後の死闘を繰り広げる、という展開です。

作中での老いの表現は、とても具体的です。

かつてはナイフの達人として、また冷静沈着な仕事ぶりで、爪角は業界でも一目置かれる存在でした。しかし、最近ではすっかり足腰が弱ってしまい、キックをするにも関節に痛みが走る状態です。老眼のせいで、致死量の薬を扱うときも、まずは自分の身に危険が及ばないことを考えなければなりません。

しかも、老いを見せ始めるのは体だけではない。それまで自分で十分に制御できていた心までもが、暴走し始めます。

たとえば、殺しの渦中でターゲットをつい気遣い、大きなミスを犯してしまいます。どうしたら相手が長く苦しまずに死ねるかという矛盾した思いを抱いたりもする。「いつ死んでも仕方ない」という覚悟で、守るべきものを作らない殺し屋生活だったはずが、捨て犬の老犬を家に連れ帰ってもきます。

つまり、爪角はもはや第一線の防疫業者、殺し屋ではないのです。依頼も、政財界の大物をターゲットにした大がかりなものはめったに入らなくなって、頼まれるのは痴情のもつれのような、爪角本人でさえ「そういうことは普通に法律で解決したらいいのに。何も殺しまでしなくても……」と思ってしまう案件。つまらない仕事を任されているために、自分自身の存在も、つまらなく感じられてくる。

韓国ノワールといえば、真っ先に映画を思い浮かべる人も多いでしょう。ダークスーツに身を包んだ男性たちが、ネオンがきらめく繁華街の路地や荒涼とした廃ビルで闘う。肉体のぶつかり合い、血液や汗、唾や涙のほとばしりが、暗くてウェットな世界をいっそうリアルに演出する——。

『破果』も、設定としてはそれらのイメージを踏襲しています。しかし、その主人公がスーツ姿で運動能力の高そうな男性ではなく高齢女性となったとき、ノワールの見え方は一転します。

ブレスレスな文体が紡ぐ、複雑で多層的な現実

爪角がどんな風貌で、どんな佇まいを醸し出しているか。冒頭の登場シーンを紹介しましょう。

高齢女性の殺し屋が問いかける〈弱さ〉
――ク・ビョンモ『破果』

金曜の夜、場所は、勤め帰りの会社員でいっぱいの満員電車の中です。乗客たちは、ぎゅうぎゅう詰めの車内にうんざりしながらも、やっと一週間が終わったという安堵に包まれている。その乗客たちのあいだに、するりと、爪角が入り込む場面です。

アイボリーのフェルト帽で灰色の髪を隠し、おとなしめのフラワープリントのブラウスに地味なカーキのリネンコート、黒のストレートパンツを合わせたその女性は、持ち手が短い中形で茶色のボストンバッグを腕に提げている。実年齢は六五歳くらいなのだろうが、顔に刻まれた皺の数と深さだけでは八〇近くに見える。身のこなしや人相、服装は強い印象を残すほどではないが、電車の中の数多《あまた》いる老人のとりわけ一人に、普通の人がつかのま以上の視線を向けるとすれば、それはきっと、その老人が最後尾の車両から順に集めてきた古紙の束を胸にかき抱きつつ、ひょっとしたら誰かが新聞紙を置き忘れているかもしれないと網棚の上を漁り、そのせいで吊革につかまった乗客たちの肩にぶつかりまくっているとか、紫の水玉模様がプリント染めされたバルーンパンツに健康シューズという出で立ちで、乗り込むやいなや搾りたての胡麻油だのショウガだののにおいがプンプンしている大包みを、明らかに通行の邪魔になるような場所にどすんと下ろし、その脇にわざとらしく座りこんで、アァ、つらいつらいと呻き声をあげ、結局、座っていたうちの誰かが、今にも気絶せんばかりの身を起こしてやって席を譲らざるをえなくなるからだ。はたまたそういうのとは逆に、老年女性によく見られるパーマヘアのショートカットではなく帽子もなし、腰まで届くストレートのシルバーヘアの高齢者が、お年寄りの顔面にありがちなシミはお白粉でザザッと隠し、震えのきた手で必死に引いたガタガタのアイラインに、ご丁寧にも唇には真っ赤なティントを塗っていたり、パステルカラーのミニドレスに身を包んでいたりなどしたらそれこそ見もの、長時間、下手したらその女性が降車するまで視線を釘付けにすることだろう。前者が、その存在だけでも即人々を不愉快にさせるとすれば、後者は現実的な不調和がこちらを当惑させるわけだが、二つのうちのどちらであれ、あまり深く関わりたくないという点では一致している。

そういう点から見ると、彼女は誰もがかくあるべしと思う、教養あふれ尊敬に値する年長者の典型である。

（『破果』、1〜3頁）

二十行以上の文章が改行なしで続く段落。一つひとつの文章が長く、登場する単語も決して平易なものではない。読む側に息継ぎの場所を探らせる、ブレスレスな文体です。ク・ビョンモの特徴の一つが、この非常に説明的で長い文章です。事物を細かく描写し、視界を押し広げ、いったいどこへ連れていこうとしているのかと、一瞬読者を戸惑わせる。

もちろん、そのあふれんばかりのディテールは、単に見える風景をなぞっているだけではありません。

主人公の、おとなしめで人に印象を残さない佇まい、見たところ八十くらいの女性、という部分は、実際に視点人物が目にしている光景でしょう。

しかし、たとえば古紙を集めて回る人や、バルーンパンツでごま油やショウガの大包みを持って電車に乗り込んでくる人、パステルカラーのミニドレスに身を包んで真っ赤なティントを塗っている人というのは、想像の羽を広げて提示される人物描写です。具体的なイメージを喚起された読者は、〈ああ、そういう人はいるかもしれない〉〈それは強烈だろう〉と思いながら、脳内で映像化していく。そして突然、「誰もがかくあるべしと思う、教養あふれ尊敬に値する年長者の典型」として、視線は再び、最初に描写していた主人公・爪角へと戻ります。想像の世界から立ち返ってみると、爪角がいかに一般的な高齢者の佇まいを保っているか、つまり、いかに殺し屋という素顔を隠しおおせているかがよくわかります。

人の目を引かない、典型的な「おばあちゃん」を装った爪角は、この後、電車の中で女性に嫌がらせをする男性を、ものの見事に「防疫」します。正義の味方ではなく殺し屋ですから、ターゲットだったその男が、仮に女性に嫌がらせをしていなかったとしても、爪角は自分の仕事を淡々とこなしたでしょう。逆に言えば、女性に嫌がらせをしている行為を諫《いさ》めるマネも、目立つからしない。頭にあるのは任務を全うすることのみという爪角のプロ意識が、他の高齢者の扱われ方、電車内に凝縮される社会の縮図とともに浮かび上がります。

激動の現代史を生き抜いた女殺し屋

殺し屋の爪角は、韓国の激動の歴史を、特に裏社会から目撃してきた女性です。ここでは便宜上、『破果』が最初に刊行された二〇一三年に爪角が満六十五歳だったという設定*1で、彼女の歩みと韓国の現代史をトレースしてみましょう。

爪角誕生の一九四八年には、四月に済州島四・三事件が起きて八月に大韓民国政府が樹立します。二歳の時に朝鮮戦争が始まる。朴正熙《パク・チョンヒ》が大統領に就任した一九六三年は十五歳。軍事政権下に殺し屋の道へ足を踏み入れたことになります。光州事件が起きた一九八〇年は三十二歳、一九八七年、あの李韓烈が頭に催涙弾の直撃を受けた年は三十九歳です。若干語弊はありますが、軍事政権や民主化運動の頃、爪角は「働き盛り」だったと言えるかもしれません。

そして、その殺し屋としての全盛期に妊娠、出産も経験しています。ミッションを全うするため、生まれた子どもは養子に出し、子どもの生物学的父親は自らの手で「防疫」します。

命を育む機能を備えた体が、命を殲滅《せんめつ》する殺し屋人生にどう作用したのか。物語は出来事にさらりと触れるのみで、爪角の内面描写はありません。しかし、老いてなお爪角が現役でいるために重ねる努力と、そこに至るまでの波乱の時代を考えるとき、その苛酷さにはおのずと思いが及ぶことでしょう。

女性だから、高齢者だから……作られる〈弱さ〉

ハードな現場を生き抜いて、爪角は、業界でその名を知らぬ者がいないほど有能な殺し屋となりました。かつてに比べればパフォーマンスは落ちていますが、六十五歳になったいまも、まだまだ人を殺めることができる。つまり〈力を持つ怖い人〉です。

ところが、爪角が「女性」で「高齢者」だとわかったとたん、なぜか爪角の足元にも及ばない一般人までもが、平気で彼女を蔑みます。

たとえば、違法タクシーのブローカーである五十代男性を防疫しにいく場面です。

それまで自分より小さくて軽い相手とは戦ったことがないくらい、爪角自身も小柄ではあったが、今回のように平均身長以上の男と密着しての接近戦はかなりの久しぶりで、だが単にそれだけが理由とは思えないくらい、胸にのしかかる体重が重く感じられた。心臓の鼓動が乱れ、息を切らしているあいだに、件《くだん》のブローカーは彼女の帽子を奪うことに成功した。すでに闇の中にそれとなく浮かんだ身体の線から「ひょっとして」とは思っていたものが、襲撃者は女だという事実を確認して改めて自信を取り戻し、物理的な征服欲でもわきあがったのか、男はすっくと立ち上がると、彼女の脇腹を何度か蹴りながら、より急な斜面の下を目がけて転がし始めた。

「ナメられちゃ困るな。せいぜいこのレベルでオレを捕まえようなんざ、誰が送り込んだアマだ？　おいおい、おまけにシケたババアかよ。綺麗どころで若くったって、見逃してやるかどうかは迷うところなのに、どこにこんな、犬も避けて通りそうなマズそうなツラをさ。あん？　助けてやろうか？　そうしたら、戻って伝えるか？　次はもうちょっと、使えるアマを送ってくれってな。あん？　女が人手不足なら、せめて相手になりそうな若造を送るとかよう、あん？　コレはどういうことだ、コレは」

（同書、46〜47頁）

「ひょっとしたら、この人は自分に危害を加えるかもしれない」と思えば、通常は相手に丁寧な態度で臨むはずです。逆に、相手が自分より下だと思えば、横柄な態度に出ることも可能になる。要するにこのブローカーは、爪角が女性だとわかった時点で、「決して

高齢女性の殺し屋が問いかける〈弱さ〉
── ク・ビョンモ『破果』

自分は傷つけられない」と判断したわけです。

引用した場面では、爪角が「あんた、いくつだ？」「洟《はな》たれのガキが、初対面でタメ口か」と言い放ったその瞬間に、ブローカーの防疫は完了します。ブローカーの判断ミスは文字どおり、命取りになったわけです。

また、爪角がある依頼でミスをして以来、所属するエージェンシーのスタッフが、あからさまに見下す態度を取るようになります。それは、相手を無能力であるかのように、一人では何もできない子どものように見なす態度です。

たとえ若い殺し屋だとしても、ミスをすることはあるでしょう。しかしそれが高齢の殺し屋だと、ミス→機能の衰え→もう役立たず、と一直線に結びつけられてしまう。丁寧な対応というのは、相手を無能力扱いすることではないはずです。高齢者に「わかりやすい」ことを心がけるあまり、幼児語のような言葉遣いをする人を見るのと同じ違和感があります。

少なくとも爪角は、「殺人」ということだけで言えば、一般人よりはるかに力を持った強者です。にもかかわらず、「高齢」というだけで「弱者」として扱われる。この場合の「弱者」とは、庇護対象であり、個を尊重しなくていいとされる存在です。属性が弱みにされる。その人の持てる力にかかわらず〈弱さ〉の枠に押し込み、パターナリズムを発動させる。

有能というにはあまりに恐ろしい能力を持つ爪角が、「女性」で「高齢者」だというだけで、その〈弱さ〉の枠に押し込められるのを見るとき、読んでいる側は、社会がいかに勝手な思い込みだけで個人をラベリングしているかに気づかされるのです。

荒唐無稽な想像で、リアリズムを深化させる作家

作者のク・ビョンモは、二〇〇八年に『ウィザード・ベーカリー』というティーン小説でチャンビ青少年文学賞を受賞し、デビューしました。第九章で紹介した『ペイント』が受賞したのと同じ賞です。デビュー後はほぼ年一冊のペースで新作を発表。旺盛な執筆活動を続けています。

文体とともに彼女の作品を特徴づけているのが、作風の広さです。デビュー作は、家出した少年が、魔法が使えるパン職人や人に変身できる青い鳥と出会って……というファンタジー小説。今回紹介した『破果』も、全体としてはノワール小説の位置づけですが、爪角の少女時代のエピソードには大河ドラマの趣があります。

また多くの作品に、選択肢を奪われつつある人々、奪われてしまった人々がよく登場します。そうした人々の思いをブレスレスな文体で畳みかけられたとき、読者は、社会の生きづらさを理解する上での新たな補助線を書き加えられるような感覚を持つ。韓国の文芸

評論家、ファン・グァンスは彼女の作風を「現実から一歩も抜け出せない人々が直面する苦痛に端を発しているという点で、決して荒唐無稽な想像の産物ではない。（中略）だからそれは、むしろリアリズムの深化に近い」としています。

爪角は、果たして殺し屋人生にどんな幕引きを図るのか。〈弱さ〉に落とし込まれた女性の人生最後の戦いは、それまでとは別な生への可能性も切り開いています。

＊1　韓国では長く数え年の使用が一般的だった。数え年の場合、誕生日によっては満年齢と最大二歳の差が生じる。二〇二三年六月に法律で満年齢の使用が定められた。

第十三章

弱くある自由を叫ぶ

――チョ・ナムジュ『私たちが記したもの』

チョ・ナムジュ著　小山内園子・すんみ訳
『私たちが記したもの』
筑摩書房　二〇二三年

かつて発表された物語から、また別な物語が生まれる。作品と作品のあいだに有機的なつながりが生じる。作品は社会に影響を与え、社会の動きがさらに別の物語へとつながる。韓国に、社会と影響し合いながら綴られる「参与文学」というジャンルがあることは第一章で述べたとおりです。そうした作品の一つが、チョ・ナムジュ著『82年生まれ、キム・ジヨン』でした。

女性が、成長の過程で〈弱さ〉へ追い込まれていく姿を淡々と描いたその物語はベストセラーとなり、社会にセンセーションを巻き起こしました。そして、作品が社会に与えた影響は、ひるがえって著者へ、刃のようなかたちを取って返ってきます。

『キム・ジヨン』から五年を経て、チョ・ナムジュが二〇二一年に発表した短編集『私たちが記したもの』は、物語と社会の相互作用から生まれた七篇が収められています＊1。

「キム・ジヨン」から歩き出す物語──「誤記」

日本語で読めるチョ・ナムジュの作品（単著）は、二〇二四年九月現在、単行本で七冊。キャッチコピーを見ると、ほとんどの作品に『82年生まれ、キム・ジヨン』という書名が躍っています。作家、チョ・ナムジュにとって『キム・ジヨン』は、いわば名刺代わりのような作品です。

世界各国で翻訳出版され、あっという間に韓国文学を代表する一冊になった作品。その著者が、大ヒットのさなかにどんな感情に襲われ、どんな事態に巻き込まれていたのか。収録作品の「誤記」は、チョ・ナムジュのメタフィクションとも読める短編です。

小説家の「私」は、書けない時間を過ごしています。アイディアが枯渇した、あるいは、筆が乗らないというわけではありません。書くことそのものに恐怖を抱いているのです。なぜなら、自分を筆一本で暮らせるようにしてくれたある作品が、「大ヒット」というレベルを超えて、著者の自分のみならず作品の支持者にまで、あらゆる誹謗中傷を呼び寄せたからです。

> それほど急進的でも過激でもないあの小説は、あまりにも多くの言葉に覆いつくされた。中年の男性俳優が読んで推薦し、「概念男《ゲニョンナム》（原注：政治や社会分野で自分の意見を持ち、常識的にふるまえる男、の意）」ともてはやされているあいだ、ラジオで小説を紹介した若い女性のDJは自身のSNSにあれやこれやと弁明の文章をアップし、それでも中傷コメントが続くと、アカウントを非公開にしてしまった。おかげでたくさん

読まれたし売れたのは事実だ。再びさらに多くの言葉が作られ、また売れ、また言葉が作られるという流れが好循環だったのか悪循環だったのか、よくわからない。

文章でできることがあると信じていたし、責任感を持って書くべき文章もあると思っていた。怖くて、孤独で、虚しくなることは多かったが、読んで、考えて、問うて、記録として残そうと努めた。だが、敵意は好意よりはるかに強力だった。私が語っていない言葉が引用符にくくられてインタビュー記事に載り、私の小説にありもしない文章やエピソードがインターネットのレビューにアップされた。

結局、私が負けた。利用されているという感じ、絶対に抱くまいと思っていたその感覚にとらわれた瞬間、私は、自分が壊れてしまったことに気づいた。


（『私たちが記したもの』、「誤記」、45〜46頁）


もう負けた、自分は壊れた、と思った「私」は、新しい原稿依頼や講演依頼をいっさい断ります。しかし、一つだけ断りきれないものがありました。高校時代の恩師からの講演依頼です。「私」はその講演をきっかけに恩師を訪ね、二十年ほど借りたままになっている小説を返そうと考えます。講演で聴衆がどんな反応を見せるかは怖いけれども、本を返すことを目的に、「私」は恩師のもとへ向かいます。

引用部分に登場するいくつかの出来事は、現実にあった事象を彷彿とさせるものです

（第二章参照）。ニュースで出来事を知っていた韓国の読者は「それほど急進的でも過激でもないあの小説」という表現に、真っ先に『82年生まれ、キム・ジヨン』を思い浮かべ、「敵意は好意よりはるかに強力だった」と述懐する作家とチョ・ナムジュを重ね合わせました。もちろん、著者のチョ・ナムジュはそれを見越して、いわば自分を囮《おとり》にして、この小説を書いたのでしょう。おそらくは、自分の気づきを小説のかたちで、再び読者に還元しようとして。その気づきとは、どんなものだったのでしょうか。

小説でつながる、女性たちの叙事

この短編の主要な登場人物は主人公と恩師ですが、背後には数多くの女性たちの存在が感じられます。主要登場人物の経験を取り囲むように、多くの女性たちのまた別の経験が、つなぎ合わされているかのように読めるのです。

主な要素を整理すると、

① 主人公の高校時代（過去）
② 恩師の高校教師時代（過去）
③ 主人公の小説家時代（現在）

④　恩師の大学教員時代（現在）
⑤　主人公の作品の読者たち（現在・過去・未来）

となります。ただし、先ほど言ったようにつなぎ合わされている、いわばパッチワークのようなかたちですので、相互のエピソードがきっちりと直線的に結びつくわけではありません。ゆるやかに有機的につながり、かつメビウスの輪のように捻れたりもする。それぞれのエピソードを結びつけるかがり糸の役目を果たすのは、二つの小説です。

①、②、③をつないでいるのは、主人公が高校時代に恩師から借りた小説『鳥のおくりもの』です。本当は講演など断りたいのに、この『鳥のおくりもの』を返したい一心で「私」は恩師を訪ねる。

教師から借りたその本をすぐに返せなかったのは、高校時代の「私」にとって、その小説が心の支えとなる存在だったからでした。暴力を振るう兄、明らかに娘より息子を優先する母、家長の重圧に耐えられない父。その家庭にあって、最も発言力のない存在にされていたのは、最年少で、娘で、妹の「私」です。自分の尊厳を踏みにじられそうになるたびに、「私」は『鳥のおくりもの』を読んで現実に耐えていました。

『鳥のおくりもの』は、一九九五年に発表されて大ベストセラーになった韓国の長編小説です。主人公の少女は、物事を自分たちの都合のいいようにしか見ない大人の態度を逆手にとって、幼さという自らの弱点を仮面にします。

誰かに見られていると思ったら、私はまず自分を二つに分離させる。一人は私の中にいる本当の私、分離したもう一人の私は、体の外に出てあたえられた役目を果たす。体の外にいる私は、他人の前であたかも私自身のように行動するけれど、実際、本当の私は体の中に残ったまま外に出た私を観察している。一人は他人が望む私として行動し、もう一人はそれを眺める。そのとき私は、他人に「見せる私」と、自分が「見る私」に分かれるのだ。

もちろん、二人のうちの本当の私は、「見せる私」ではなく「見る私」だ。他人に強要されたり侮辱されるのは外にいる私だから、本当の私はあまり傷つかなくてすむ。このように自分を分離させることで、本当の私を他人の目にさらすことなく、自分で自分を守ることができるというわけだ。

（ウン・ヒギョン著、橋本智保訳、『鳥のおくりもの』、段々社、二〇一九年、21頁）

弱い存在は、外からかかる力と内側から崩れる力、その両方から自分を守らなければなりません。『鳥のおくりもの』は「私」に、世間から押しつけられる役割とうまく渡り合う術を授けてくれたのでした。

ところが、再会した恩師は、小説を介してつながっていた高校時代とは別の空気を漂わせています。なにしろ『鳥のおくりもの』を貸してくれたことも覚えていません。そればかりか、教え子というよりは有名人として「私」に接する。そして、「私」を聞き役に、自らが父親から虐待されていたことを語り出します。

この、〈誰かの苦しい心情の聞き役になる〉という体験こそ、作家の「私」に、「それほど急進的でも過激でもない」あの小説がもたらしてくれた気づきの時間でした。「私」は、物語が誰かの語りを聞き得ることを知るのです。

サイン会で、読書会で、作家の「私」を前にした多くの女性たちが、あの小説の感想だけではなく、自分が経験した、あるいはいままさに経験している苦い思いを、堰を切ったように打ち明けました。そのことで「私」は「自分の経験と事情という領域の外にも熾烈な人生がある」(『私たちが記したもの』、64頁)と理解する。誰もが『82年生まれ、キム・ジヨン』をイメージするであろう「あの小説」が、作家となった「私」(③)と読者たち(⑤)を、相互作用する関係として結びつけたわけです。

小説家として、外形的には成功を収めている主人公の「私」(③)と、家族を棄てて縁もゆかりもない地方大学に職を得た恩師(④)のあいだには、もはや師弟愛は見当たりません。しかし、そんな二人を結びつけたのも、やはり「あの小説」です。そもそも、作品が大ヒットしていなければ、恩師が教え子の近況を「インタビューや記事で」知ることもなかったでしょう。また、「あの小説」が存在していなければ、「私」の中での恩師はずっと「懐かしい先生」のままでとどまり、一人の女性としての彼女の蹉跌に思いを致すことはなかったはずです。二人の関係はアップデートされたとも言えます。

〈弱さ〉の未来を予言する

『82年生まれ、キム・ジヨン』が刊行された時、韓国では、これは私の物語だ、と自分の体験を語り出す読者が多く現れました。あわせて、私はこんな目には遭っていない、という声も上がりました。その点は非常に重要だと思います。

#MeToo 運動の高まり以降、「声を上げよう」という言葉をよく聞くようになったことについては、第六章でも触れました。声が上がれば、さまざまなハレーションが起きるのはある種の必然でしょう。ハレーションそのものを恐れて声を上げない社会のほうが不健全です。声が上がり、そこからまた別の声が上がる。そして何かが組み直され、編み直される。声が増えれば、声を上げる人がおかしいのではなく、声を上げざるを得ない社会がおかしいと、考え方は変わっていくかもしれません。

恩師も含め、主人公の「私」に自分の物語を打ち明けた女性たち。そうした物語の数が増えて声が多彩になるほどに、世の中が変わる可能性は高くなる。「誤記」という作品は、韓国フェミニズムの勃興を後押しした作家と作品の後日談だけでなく、未来へのかすかな希望を伝える、一種の予言のようにも感じられます。

家父長制的な役割が消えたからこその関係
――「オーロラの夜」

この短編集には、まさに希望をアップデートするような作品も収められています。五十代と七十代、女性二人の旅を描いた「オーロラの夜」という作品です。

高校の教頭を務める主人公の「私」は、十年前に夫を交通事故で失い、いまは夫の母、つまり姑の「おかあさん」と二人暮らしです。一人っ子で一人娘のチヘはワーキングマザー。何かというと、自分の夫よりは母親の「私」を当てにしてきます。

もちろん「私」も、熾烈な競争社会のなかで娘夫婦が神経をすり減らしながら働いていることは十分承知しています。できれば手伝ってやりたいとも思う。まして娘から、姑を当てにできたぶん楽をしていたと、過去の自分の子育てについての嫌味を言われたりすれば、ぐうの音も出ません。完璧な親でなかったことを、当の子どもに後から指摘されるのは、非常につらいことだと思います。

しかし、五十七歳の「私」は、そろそろ人生の残り時間が気にかかり始めています。孫を追いかけているうちに一日が終わるのはもったいないと思う。そんな「私」の最大の理解者が、いまの暮らしのパートナーである夫の母「おかあさん」です。

チへの父親がいなくなって、いまやおかあさんと私は長いあいだペアでダンスを踊ってきたパートナー同士のようだ。ごはんのときはおかあさんが料理をして私が皿洗いをする。私が乾物を水でもどしておくと、おかあさんが炒め、おかあさんが朝早く洗濯物を回して干しておくと、私が家に帰って取り込む。テレビに出た食べ物を、私がおいしそうだと独り言のように言うと、決まって次の日の夕食の食卓にのぼる。おかあさんが花がきれいだの紅葉がすてきだのと言うと、私は花や紅葉が楽しめる場所を予約する。

そうやって日常は壊れたり凹んだりするところなく均一にすり減って、今になった。

(『私たちが記したもの』、「オーロラの夜」、151頁)

すでに二人には、暮らしのリズムができ上がっています。実の娘のチへより、義理の母親の「おかあさん」との日常のほうが、いまの「私」には心安らかに感じられる。

ただし、「私」と「おかあさん」が最初から気の合う嫁姑だったわけではありません。

二人がこの境地にたどりついたのは、「私」にとっての夫、「おかあさん」にとっての息子が他界して以降です。そうなって初めて、「私」は、残された家族が夫だったら面倒だったろうと思う。また「おかあさん」のほうも、息子が生きているうちは、嫁が息子より学歴が高いことが引っかかっていたと口にします。

つまり二人は、夫であり息子の男性が不在になったことで、「年代の違う女二人」として出会い直すことができた。そう考えるとさらに一歩進んで、もし家父長制的な役割を振り当てられていなかったら、もっと多くの女性たちがシスターフッドを築けたのではないかという想像も湧いてきます。

物語の中心となるのは、この「私」と「おかあさん」の二人が、オーロラを見にカナダまで出かける旅です。異国の地で、「おかあさん」が見せる姿や判断は、読む側から見ても、とてもチャーミングです。そんな祖母、母の世代を脇に見ながら、現役子育て世代で「母」や「妻」という役割に追われているチへの選択も変わっていきます。

弱くある自由を叫ぶこと

『82年生まれ、キム・ジヨン』から五年。チョ・ナムジュは本作において、弱さの現状を訴えるだけにとどまらず、弱いままつながり合える可能性をも押し開いて見せました。

タイトルの「私たち」とは誰を指すのか。韓国の担当編集者によれば、そこには著者と著者の作品に共感的な読者だけでなく、チョ・ナムジュの作品に反感を抱き、悪質コメントを書き込むような存在も含んでいると言います。「著者がキム・ジヨン以降に歩んだ韓国社会と作用しながら書いた作品」という説明に、韓国の参与文学のさらなるかたちを見せられた気がします。

弱いまま、つながり合える。

二〇二三年に他界された社会学者、立岩真也さんは、かつて弱さについて、こう記していました。

そして一つには、考えて、言うことである。例えば、強くあろうとするその思いはどこから来ているのだろうか、考えてみると強い人が一定数いた方がなにかと都合がよいくらいの理由しかなく、それ以外には根拠はなさそうだと、もっと弱くあればよいのだ、もっと弱くあってよいのに、と言うことである。それはおそらく、過剰なものを差し引く行いである。もっと積極的には、その人が条件をつけずに肯定されること、少なくとも許容されること、ということになるだろうか。

（立岩真也著、『弱くある自由へ――自己決定・介護・生死の技術』増補新版、青土社、二〇二〇年、47頁）

「もっと弱くあればよいのだ、もっと弱くあってよいのに、と言うことである」初めてこの文章を読んだときの、広々とした野原に出たような解放感をよく覚えています。そしてその感覚は、〈弱さ〉を描いた韓国現代文学に触れるたびに、私の胸の中で再現されています。

〈弱さ〉を描いた作品には、どこか聞き覚えのある声や、見覚えのある光景が収められている。「覚え」のなかには、おそらく耳を塞ぎ、目を逸らしてきた不都合な現実も含まれているのだと思います。韓国現代文学は、そこから目を逸らさず、弱くある自由を叫ぶ。その態度は、「正しさ」や「公平さ」という言葉に置き換えられるかもしれません。激動の時代が幾度襲っても保たれているそのまなざしこそ、私が韓国現代文学を通じて気づかされ、また手に入れたいと思うものです。

＊1　原書の収録作品は八編。うち「ヒョンナムオッパ」は既刊の単行本に邦訳が収録されているため、日本語版では未邦訳の七篇が収録されている。

〈弱さ〉から始まる未来を想像する──あとがきにかえて

ときおり本書で触れましたが、私は「韓日翻訳」の仕事に至るまでに、テレビ局のディレクター、女性相談を中心に行うソーシャルワーカーの二つの職を経ています。

「声なき声を届けたい」と飛び込んだテレビの世界では、実際にそうした声に触れても、ただ立ちすくんで、既存の枠組みどおりにしか考えられなかったという後悔が残っています。苦境のなかで、なんとかいまの状況を保っている人々のもとをカメラとともに訪れること、撮影した映像を「構成」することに、どこか後ろめたさのようなものを感じることもありました。「声なき声を届けたい」というのはあくまでこちらの意向であって、当事者が「テレビで」声を上げたいとは限らない。それをまざまざと感じたのは、カメラと一緒にその人の家庭を訪れて食事のシーンを撮影すると、いつもメニューがカレーライスだと気づいた時でした。

献立の映像というのは、何気ないようでいて実は多くの情報を含むものです。手の込んだものかレトルトか。米飯か菓子パンか。冷凍食品か刺身か。画面に映し出された食材が、懐《ふところ》具合を推し量るヒントになったりもする。カレーライスはそれを唯一うやむやにできるメニューでした。パッと見ただけでは、ルーや具材が高価かそうでないかの判別はつきません。それほど副菜を用意する必要がないのも好都合です。インターネットでの検索が現在ほど一般的でなかった時代、「ロケ隊がきたときに無難なメニュー」という情報が簡単には共有されてはいないはずなのに、どの家でも毎回、カレーライスが登場する。その背後に〈こちら側に踏み込まないでほしい〉〈さらさないでほしい〉という共通の意志を読み取って、私は自分が、誰かの声をすくい取るのではなく、はめこむ側にいるのだと痛感しました。

念のために言うと、テレビ番組で食事シーンを撮影するのは暴力的だと短絡的に決めつけているわけではありません。ただ、夕餉の家族団らんを撮っておけば映像に変化がつく、番組の構成要素も増えると、自分の思考がテンプレート化していくことに耐えがたくなっていきました。

だからこそ、「後ろめたくない」仕事をしたいと、ソーシャルワーカーという職に転じました。誰かの人生のピンチに踏み込むのではなく、寄り添うことをしたいと思ったからです。しかしその職でも、驚きたじろいでばかりでした。勧善懲悪で終わるトラブルなど皆無に近いこと。加害と被害には交差性があること。社会的弱者とされる人は、その苦境を生き抜いてきたぶん、自分には太刀打ちもできないほどの〈強さ〉を身につけていること。〈弱さ〉とされるものを凝視すると、思っていたのとは違う光景が見えてくる。学ばせてもらうと同時に、こういう仕事をしていなければ、その〈弱さ〉の可能性のようなものを知らずにいたのだろうと愕然としました。

〈弱さ〉とは、それを言う人の立場によって、やさしくも聞こえれば冷徹な響きをまといもする言葉です。レッテルを貼ったり、ステレオタイプに閉じ込めたりして安易に〈弱さ〉を消費する。本当の声に耳をすまさず、自分に都合のよい解釈だけして思考を止めることは、誰かを透明な存在にするのと同じふるまいであると、いまではそう思っています。

コロナ禍が少しずつ落ち着きを見せ始めていた二〇二二年の春、韓国では、障害当事者の人々が「移動権」、すなわち移動する権利を求めて、朝の通勤ラッシュの時間帯にあえて車椅子で地下鉄のホームに出かけるというデモをさかんに行っていました。「移動権保障デモ」と呼ばれるものです。ソウルの朝のラッシュアワーは、東京に負けず劣らず殺人的です。そんななかで車椅子から降り、這って電車に乗降するパフォーマンスなどをしたために電車は遅延し、多くの市民の足に影響が出ました。

デモが行われる前から、有名な保守系政治家はSNS上でデモの中止を訴え、警察と鉄道会社に「ソウル地下鉄の数百万人の乗客が特定団体の人質にならないよう」措置を講じろと、物理的な対応まで求める発言を繰り返しました。それについて、障害者への嫌悪発言《ヘイトスピーチ》だという批判も巻き起こります。ネット上でもこの移動権保障デモをめぐってはさまざまな声が上がりました。障害当事者は弱さを盾に無理な要求をしている。利己的。いや、政治家に陳情するよりはるかに直接的に市民に訴える行為だった。必死の声を無視してはいけない――、などなどです。みなさんはどう考えるでしょうか。

一つだけ確かなことは、ソウルの中心部の地下鉄は、平日朝のラッシュアワーに車椅子ユーザー数十人が利用しただけで、数百万人の乗客に影響を及ぼす構造であるということです。予告があったからデモだとわかっただけで、何十人もの人が同時に車椅子で通勤することはあり得るはずです。車椅子を使わない数百万人同様、車椅子ユーザー数百万人も、公共交通機関を利用して職場に出勤できるような街なのか。そうした想像を呼びさましただけでも、このデモは非常に大きな意味があったと言えます。

SF作家のキム・チョヨプは、『サイボーグになる　テクノロジーと障害、わたしたちの不完全さについて』（キム・ウォニョンとの共著、牧野美加訳、岩波書店、二〇二二年）という本の中で、このソウルでの移動権保障デモについて考えるヒントになりそうな、ある思考実験を紹介しています。やはりSF作家であり編集者のアンディ・ブキャナンが、自らの著作の中で発した、「居住可能な」宇宙船や宇宙ステーション、人口惑星を想像してみようという問いかけを紹介し、あり得る宇宙船の姿を想像していくのです。

では今度は、宇宙船に乗っている人のほとんどが障害者だと仮定してみよう。宇宙船は障害者乗組員それぞれのニーズに合わせて設計されるはずだ。車椅子で移動できる通路や、呼吸器疾患のある乗組員にカスタマイズされた個室、低視力の乗組員が識別しやすい配色のインテリアが用意されるだろう。そういう条件なしに、ただ宇宙船を設計してみるように言われて想像するのはどんな空間だろうか。おそらく、自分を基準にして「自分が居住可能な」宇宙船だけを思い浮かべることだろう。「宇宙船を設計すること」は、障害が環境との相互作用によって構成されることを知る一つの思考実験だ。健康で障害のない人でも、自分に適していない物理的、社会的環境の中では障害を経験する可能性はいくらでもある。この思考実験は、誰かにとってアクセス可能な世界をただ「想像する」ことですら、単純な話ではないのだと教えてくれる。

（『サイボーグになる　テクノロジーと障害、わたしたちの不完全さについて』、２１１頁）

ソウルの地下鉄での移動権保障デモも、まさにその「想像することですら」難しいことを再確認させる出来事でした。一分一秒も惜しい朝、うんざりする満員電車。そうした目の前の現実に追われていればなおのこと、他者への想像力は目減りするに違いありません。そんな社会は、はたして障害当事者のみが、生きづらい社会なのでしょうか。

この『サイボーグになる』という本は、ＳＦ小説家であり聴覚障害者のキム・チョヨプと、作家であり弁護士、パフォーマー、そして車椅子ユーザーのキム・ウォニョンが、なんらかの補塡物で機能を補っている自分たちの身体を「サイボーグ」と見立てつつ、不完全なままで生きられる社会の可能性について対話を重ねる本です。キム・チョヨプは、『わたしたちが光の速さで進めないなら』『地球の果ての温室で』などのSF作品を通して、差異と共存について描いてきた作家です。彼女は本作の中で、自分にとってSFを書くことは「自分とは異なる存在を探究していく過程」だと語ります。本書で紹介してきたようないわゆる文学作品ではありませんが、作家同士の二人の言葉の豊かさと思考の深まりを見つめるとき、〈弱さ〉の捉え方に大きな示唆を与えられます。

キム・ウォニョンは、現代の科学技術がどんなユーザーでも滑らかにアクセスできるシームレスなテクノロジーの開発に向かっていることを引いて、これからの時代にふさわしい「強い人間」について、こう語ります。

これからの時代、より多くの可能性をもたらしてくれるのは、より強い腕力、より良い視力、より敏感な聴力だろうか？　それとも、生活のあらゆる行為が自動化されてスムーズにつながり、知らぬ間に「無我の境地」に陥っているとき、そこに「ガタン」と継ぎ目をつくって、自分の位置や行為の主体性、自分が今のめり込んでいる活動の意味と必要性を自ら省みることのできる能力だろうか？

わたしは後者だと信じる。そしてそういう能力を強化するのは、同質的なもの同士の滑らかなつながりではなく、大きな「段差」のある異質的なものとのつながりを経験することだと考える。

（同書、198頁）

二人は、互いの共通項である「身体障害」をもとに、〈弱さ〉を認め合う社会、誰かが誰かを助け、誰かを助ける人をまた誰かが助けるような社会によって生み出される可能性を示唆します。

思えば、私たちはみな不完全な人間です。誰もが何かしらの不安や欠損を抱え、またいずれはなんらかの不完全さに襲われることを運命づけられた存在です。にもかかわらず、それを弱みと思い、大丈夫なふりをし、強いものの規範に自分を合わせて暮らしている。そのふりをやめて、不完全であり弱いことを認めることからスタートしてみると、未来の光景は変わるのかもしれません。

第三章で取り上げたカン・ファギル著『別の人』の中には、理不尽で残忍な目に遭った登場人物が、自分と似たような事例を求めて小説をむさぼり読むという場面が登場します。

手記やインタビューで、同じ経験をした女性の声を読むのには恐怖を感じる。けれど小説は作り話だから、安心してのめり込むことができる。物語には、心の炎症を癒してくれる鎮痛剤のような成分が含まれているのかもしれません。実人生で目を逸らしてきた不正義や〈弱さ〉と、素の状態で対峙できる。そういう意味で、思うぞんぶん想像し、考え、噛みしめることができる安全な空間が、物語のなかにはあるのではないでしょうか。

本書で取り上げた十三冊では、〈弱さ〉が描かれています。それはもしかしたら、これからの生き方や社会や未来を変える種のようなものかもしれません。すぐに花が咲いたり実ったりしなくても、後々まで胸に残り続け、何かの拍子にふと芽を出す。そんなふうにここに登場する作品を記憶にとどめていただければ幸いです。

このあとがきを書いている最中に、韓国の作家、ハン・ガンさんのノーベル文学賞受賞というられしいニュースが飛び込んできました。ノーベル文学賞を主管するスウェーデン・アカデミーは、彼女の文学を「歴史のトラウマと向かい合い、人間の命の弱さをあらわにした強烈な詩的散文」（聯合ニュースより）と評価しています。

最新長篇『別れを告げない』（斎藤真理子訳、白水社、二〇二四年）は、本書でも触れた済州島四・三事件がモチーフになっています。社会に大きな傷を残した出来事を、彼女は登場人物の身体性を通じて再現する。と同時に、生者と死者、過去と未来、夢と現実の境界を突き崩し、痛みを回路に、切り離されていた二つの世界をつなげてみせます。大きな余韻を残す作品で、作家本人も、今回初めて自分を知った人に、まず読んでほしい作品の一つとしてこの小説を挙げています。

実はこの最新作は、受賞段階でまだ英語版が出版されていません。その事実に私は、大げさでなく新しい世界の訪れを感じました。ノーベル文学賞受賞作家の最新作が、英語より先に日本語で読める。アジアで生まれた作品を、アジアに生きる読者が先に読めるというのは、よく考えれば自然な成り行きでしょう。隣の国の物語を、隣だからこその近しさで読める。それが可能になる背景に翻訳という営みがあることに、身の引き締まる思いもしました。

すぐ隣の国で、社会と対峙しながら日々作品を紡いでいる韓国の作家のみなさんの姿勢に。そして、その作品をなんとか日本に紹介しようと、これまた日々奮闘している韓日翻訳者のみなさんの情熱に。翻訳者である前に一読者として、最後に、心からの敬意と感謝をお伝えしたいと思います。

二〇二四年十月十日　　小山内園子

［協力］……………NHK文化センター
［校正］………………香月美紀子
［本文DTP］…………天龍社
［ブックデザイン］……コバヤシタケシ

小山内園子（おさない・そのこ）
韓日翻訳者、社会福祉士。ＮＨＫ報道局ディレクターを経て、延世大学校などで韓国語を学ぶ。訳書にク・ビョンモ『破果』『破砕』（岩波書店）、チョ・ナムジュ『耳をすませば』（筑摩書房）、『私たちが記したもの』（すんみとの共訳、筑摩書房）、カン・ファギル『大仏ホテルの幽霊』（白水社）、イ・ミンギョン『私たちにはことばが必要だ　フェミニストは黙らない』『失われた賃金を求めて』（すんみとの共訳、タバブックス）などがある。

〈弱さ〉から読み解く韓国現代文学

二〇二四年十一月十日　第一刷発行

著者　小山内園子

発行者　江口貴之
発行所　ＮＨＫ出版
〒一五〇-〇〇四二
東京都渋谷区宇田川町一〇-三
電話　〇五七〇-〇〇九-三二一（お問い合わせ）
〇五七〇-〇〇〇-三二一（ご注文）
ホームページ　https://www.nhk-book.co.jp
印刷・製本　ＴＯＰＰＡＮクロレ

ISBN978-4-14-081979-1 C0095